JN089263

子供の楽しみ方
私・流

守谷 佳伊子

文芸社

はじめに

「親は無くてとも子は育つ」

　本来これは文字通り、「親がいなくても子供自身の力や他人の善意で成長していく」ということですが、この格言は、「よしんば親の出来が悪くても、社会が子供を健全に育ててくれる」、又「親にできることには限りがある」と私は拡大解釈しています。これは社会の共通認識があってのことですが、今、この言葉は通用しているでしょうか。ジェネレーションギャップの大きい我が家は、この落差とも戦いながらの子育てとなりました。

　計らずもこの本の執筆中に新型コロナウイルスが地球規模で拡散しています。世界が垣根無しの一体であることを改めて認識させられることとなりました。外出自粛で、家族だけではいかに生きにくいか。そして子育ての問題が連日取り上げられています。私が気になるのは、育ち盛りの子供達が思いっきり体を動かせないことです。しかし、聞こえてくるのは知育面の心配ばかり。

「命がかかっているときも"学力"?」

　これらの状況も踏まえて読んでいただけたらと思います。

　暗中模索。箍が外れた体験記ではありますが、何かお役に立つことがあれば幸いです。

目　　次

第1章

生い立ちの記

命の芽ばえ

　人生設計を真面目にしなかった私は、極秘㊙40歳にして、初めて我が子を腕にすることとなりました。

　一人っ子の私は無口で、人が苦手。とりわけ小さい子供には、「かわいい！」の一言すら口にすることができず、苦手などというものではありません。我が子は言葉をまともに話せるようになるだろうか？　真っ先に飛び出した心配です。

　子育ての相棒は高校での同級生。まだフリーターという言葉は誕生していませんでしたが、揃いも揃ってフリーターの走りです。生家富山を遠く離れた仙台で、手探りの二人三脚が始まり、彼は「育メン」の走りともなりました。

　まずは、病院選びから。というのは、最初に行った病院で、夫も一緒に説明を聞こうと診察室に入ろうとしました。すると、「男の人は出ていってください‼」と、けんもほろろの言われよう。まずは夫立ち会いができる病院を探しました。

　女性が胎教を意識するように、男性の育児参加も胎児の時から。幸い、固定観念欠乏症の２人に時間だけはたっぷりあったので、育児書を読みあさりました。オムツは不快感の少ないベビーネンネ、そしてうつ伏せ寝を選択。

　どちらも夫の提案です。

次に自分達の経験も総動員して、どんな子に育ってほしいかという下絵作り。幸せになってほしいという親心は当然です。知力・体力がすぐれているに越したことはないけれど、どんな人の人生にも山あり谷あり。転けた時、「あいつ又、転けた。しょうがないな」と手を差し伸べてもらえたら、恙無くやっていけるでしょう。けれどこの時、将来息子に「転けチャンピオン」の称号が贈られることになろうとは、夢にも思っていませんでした。

　一人っ子になる可能性が高いので、人を信頼し、仲良くできることは必定です。その練習の場として全寮制の学校、決定‼

　一人っ子の良い点も問題点も知っている私です。立派な一人っ子に育てます。もちろん夫の協力のもと。

　男性目線は大切だと思います。暴走しないように歯止めとしての役割も。何より、1人で子育てなんて荷が重すぎます。

波瀾の幕開け

　妊娠して数カ月が経った頃、原因は皆目覚えていないのですが、朝早く勢いよく家出をしました。私の性格からして、「出る」と「戻らない」は同意語です。ふらふらとどれくらい歩いたでしょうか。お腹の中からもう帰ろうよと促され、「子供が言うから帰って来ました」ということで

一件落着。「子は 鎹 」です。

　我が子が取った手段？　それは尿意です。何でもない時ならば１時間くらいは我慢できますが、上から遠慮なく押されてはそうはいきません。早々に降参しました。

　８カ月目に入って、破水しました。早産かと思いきや、分娩室の隣の部屋へ要注意人物として入院することになりました。安静第一。出産までベッドの上が全てという生活です。足の筋力が落ちるからと先に入院していた人からいろいろとアドバイスを受けました。幸運なことに羊水が流れ出るのが止まり、10日ほどで一般病室に移ります。

　10日ぶりに２本の足で立った時に感じた足裏の痛みには驚きました。これが１カ月、２カ月先だったらどんなことになるのでしょうか。

　羊水が止まるのは奇跡的なことだったようです。私がお世話になった病院の院長先生は当時、全国の産婦人科学会の会長をされていました。この先生にして、「話には聞いているが、（自分の患者としては）初めてだ」とおっしゃっていました。義父は漢方薬に通じた薬剤師で、「これを飲んでいると予定より２～３日早く生まれるから」と妊娠が分かった時に渡され、飲み続けた漢方薬がありました。この薬の効果でしょうか。

　一般病室に移って、更に気付きがありました。出産する人だけでなく、つわりが酷くて食事が取れない人も入院していたのです。そのとき、「アレッ⁉　私つわりを知らな

い」と。幸運なことですが、ほとんどの人が体験していることを知らないというのも寂しいものです。

　臨月に入り、いつ生まれてもいいからと、一旦退院しました。
　高齢出産なので、どの病院でも帝王切開の可能性については念を押されていました。2度目の破水の時は病院で手術の準備がされていたと思います。破水後48時間以内に生まれればいいと学んでいましたから、まずは自然分娩を試みさせてくださいとお願いしました。病院の図書室で本と首っ引き。「今はこの段階だ」と確認しながら臨む私達夫婦の体質丸出しの出産でした。
　陣痛がきて助産婦さんに摩（さす）ってもらうと楽になるのに、夫に摩ってもらってもちっとも楽になりません。彼も相当に緊張していたのでしょう。手に汗をビッショリかいて、うまく滑らなかったのです。2人目の時があれば手袋を用意しましょう。
　珍しかったのは座産だったことです、理に適った方法であったことも幸いして順調に生むことができました。出血も少なく、先生は「10歳若いお産です」と言ってくださいました。その時、すかさず夫が「精神年齢は20若いです」と返したのです。これは単純に喜んでいいのか、無知で考えが浅いということなのか。まあ、おめでたい場面です。いい方に解釈しましょう。

ここで終わりと思いきや、「後産が800ｇもある」と看護婦さんが驚きの声を上げました。「普通はどれくらいなのですか」と訊ねると「500ｇです」とのこと。子供は3200ｇで特別に大きいわけでもなく、確かに驚きの数値です。

　思い当たるのは、最終バスに乗り遅れまいと必死に走ったり、鎖に掴まって太白山に登ったりしたことです。太白山は高々800ｍですが釣鐘状で、途中は鎖を頼りに岩場を登らなければなりません。そのうえ麓の登山口までバイクで行くという、今振り返るとゾッ！とするような無茶振りでした。私自身が酸欠状態ですから、お腹の中で息子も必死でしがみついていたことでしょう。なんと健気な。

　こんなふうで胎児の時から親孝行な子です。根気強い資質も、この頃からのものでしょうか。太白山の山頂にはかわいい社があり、神前で四股を踏んで安産祈願をしました。神様も無視できなかったのかもしれません。

　酸欠・破水の難局を無事乗り越えて、この先の「とんでも育児」を予感させる滑り出しでしたが、義父の予告通り予定日の２日前に誕生しました。

　又、「母子ともに健康。１週間後に無事退院致しました」とは言い切れない出来事もありました。

　胎児の成長と共に私の隠れ痔が顕在化していました。看護婦さんは気を付けてくださっていましたが、出産に伴い一気に悪化。院長先生の紹介状を携えてパジャマのままタクシーで肛門科の病院へ直行しました。授乳中は薬の影響

もあるので、断乳後に手術をしましょうという診断でした。

　親孝行な子ではありましたが、こんなこともあり、当時活躍していたタレント佐藤Ｂ作さんにあやかり、守谷Ｇ作（痔作）と命名しました。役所に届け出た現在の名前が付くまで「Ｇ作ちゃん」と４カ月の間呼びかけていました。幼名ならぬ胎名を持っている子も珍しいでしょう。

親子の船出

　親としての最初の仕事は命名です。生まれ出た赤ん坊の泰然自若とした様子に夫は、「泰」の字は是非付けたいと言いました。早朝に生まれましたが、その日は祝福するように燦々と輝く朝日が昇りました。「輝」も候補です。夫は大好きな「風の谷のナウシカ」をイメージして、「守谷泰翔」と。

　いいわねェ〜。でもタイショウ（大将）とからかわれて、その器じゃなかったらかわいそうかなとも。これは大変なお仕事です。他の人の気持ちも考えなければなりません。

　私の「佳伊子」という名前は、結婚するにあたって義父から贈られたものです。持っているだけでいいからと言われましたが、せっかくなので結婚当初は使っていました。次第に使い分けが大変になり、結局、持っているだけになりました。義父が姓名判断にこだわりを持つようになったのは、義弟の病気が発端です。迷信など、到底受け入れる

人ではありませんでしたが、悪いといわれるものは極力排除しておこうという家族愛の表れでしょう。

　その想いを受け、漢字の画数とも格闘しました。面倒なことに夫がこだわった「泰」の脚（下の部分）は「水」を表し、9画とも10画とも数えられるのです。そのため、二重にチェックすると使える画数には限りがあり、当然名前に適した字もわずかです。こうなったら徹底交戦。漢和辞典と首っ引きで、使えそうなものを全て洗い出しました。子供に望む姿が2人ではっきりと描かれていたのは幸いでした。そこからはすんなりと決まりました。

　しかし、ここからが新たな悩みどころです。画数にこだわらないか、安全安心か、親としての決断を迫られました。親の自由意志で付けた名前にするということで市役所に向かいましたが、出生届を出そうという直前に夫から再度確認の電話がかかってきました。ここが親心です。安全安心の名前とはいえ、十二分に私達の願いがこもった名前です。もう迷いはありません。

　行動に移して、明確になった気持ちでした。義父からも99点の名前だと言ってもらい、ようやく一息つくことができました。

　産後1カ月、私は両手首が腱鞘炎になってしまいました。自分の顔すら洗えず、ドアノブも回せません。高齢初産の影はこんなところに潜んでいました。おむつを替え、入浴

させ、自分達の食事作りも全て夫の役割。もはや育メンの域を超えて、主夫です。

　夜泣きする息子は外に連れ出すと泣き止むので、冬の仙台で夜のお散歩もします。

　ある日、夫が目眩を訴え病院に行きました。どこも悪いところはありません。産褥ブルーが夫に出たようです。女性のようにヒステリーを起こすことはありませんでしたが、心身の悲鳴はこんな形で表れました。

　２人の「父親兼母親」と「女の子のような男の子」の奇妙な三人家族はこのようにスタートを切りました。その後程無く、晴れて定職に就く夫は宇都宮へ、息子と私は実家に戻り、回復するまで多くの人にサポートしてもらいました。子育ては本当に１人ではできません。双子、三つ子を育てるお母さん達はどうされているのでしょう。本当に頭が下がります。

個性の表れ

　生まれた時から赤ちゃんは泣いて思いを訴えますが、我が子の性格の一端を垣間見たのは８〜９カ月頃です。食事中のことで離乳食の品数も増え、ランダムに口に運んでいました。幼いながらも今これを食べたいという思いがあるようです。しかし私には分かりません。食べたいものとは違うものを差し出され、息子は泣きだしました。

「御免、御免。他のものを食べたかったのね」と声を掛け、違うものを見せますが、耳にも目にも入りません。思いの強い子だなと思いました。

　そして同じような事態になると、気持ちが落ち着くまで待つことになります。他所のお子さんを見ていると、泣きながらもちゃんと聞いていて、すぐに泣き止む子もいます。面倒くさい性格ねと思いますが、こればかりはどうしようもありません。その後もずっと気持ちが拗れるたびに、私が待たされることになりました。

　相手がどんなに小さな子供であっても、人格をきちんと認めることは基本中の基本です。

　2歳を過ぎてしばらくした頃、驚くべき一面に遭遇しました。夕食の仕度も調い、夫の帰りを待っていました。息子も早々と「戴きます」と言って、食べる準備は万端整っています。食卓に着いた夫が「戴きますは？」と息子に促しました。しかし彼の中ではもう済ませていますから応じません。再度促します。私はこれが大事に至るとは思い及ばず見過ごしてしまい、息子はワ〜ッと泣きだしました。こうなったら手がつけられません。気持ちが済むまで泣いてもらうしかありません。食事はお預け。

　この間に事の次第を話しました。泣きやみ、隣室から出てきた息子に夫は自分の非を認め、謝りました。言葉が未熟ゆえ、泣いて自分の正当性を主張するしかなかったので

しょう。この年齢で立派に自己主張し、プライドを持っていることを示してくれました。その後和気藹々と食事をしたことは言うまでもありません。

　1歳半の頃に市主催の親子の集いがあって参加しました。他の子と遊べる絶好のチャンスを見す見す逃す手はありません。
　ここでも我が子の重要な一面を見ることになります。
　1人の男の子が2台の車で遊んでいました。息子も車で遊びたくて、側に立ってじっと見ています。その子のお母さんが「1つ貸してあげなさい」と声を掛けても、彼は首を横に振って聞く耳を持ちません。どうなるのかと見守っていました。息子は側を離れることなく付いていきます。ストーカーさながら。そして、それは一瞬の出来事でした。飽きたのでしょうか。その子が2台の車を手離した瞬間に、電光石火の早技で自分のものにしたのです。
　同様のことが幼稚園の年少時にもありました。用事があった私は、放課後の迎えを年中さんのお母さんに頼みました。迎えに行くまで、そのお宅で遊んでいたのですが、子供はなぜか同じ玩具で遊びたがるものです。その時も「貸して」と息子、相手は「いや！」。しばらくして又、「貸して」「いや」と同じ問答が繰り返された挙げ句、十分に遊んで満足したのか、「いいよ」となったとのこと。
「守谷君は力尽くで取り上げないで、根気よく聞いていた」

としきりに感心されました。そのお母さんも口を挟まないでよく見ていてくださったと思います。後年気付くのですが、これは一概に息子の資質とばかりは言い切れないと思うようになりました。

　掴まり立ちをするようになった頃、夫の職場の先輩のお宅へご挨拶に伺った時のことです。何に手を出したのか定かではありませんが、「危ない！」と咄嗟に子供の手から物を取り上げた時、奥様から、このような行為をしてはいけないと諭されました。この時以来、前触れも無く、力尽くで取り上げることはもちろん、予告なしに罰するということはしていません。
　早い時期にこのアドバイスを頂けたことは幸運だったと思います。

　一方、口で諭したら全てうまくいくかというと、そうは問屋が卸さないのが現実です。
　２歳。当時テレビのチャンネル切り替えはダイヤル式でした。今思えば「ダイヤルを回すと画面が変わる。不思議だ、面白い、どうなってるんだ」と子供の好奇心に火がついたのでしょう。ダイヤルを回し続けます。今の私だったら、テレビの１台や２台壊れてもいい。最後まで見届けたい場面です。当時はそこに思い及ばず、大人の都合（壊されちゃ困る）が鎌首をもたげます。「勝手にチャンネルを

回してはいけません」と言っても全くだめ。そこで、手を
ピンピンとお仕置き（これは、私のつもり）しました。し
かし、子供の頭の中で「ピンピン」とダイヤルが連動せず、
人の手をピンピンする行為だけが刷り込まれてしまいまし
た。これは不味い。以後今日に至るまで、子供に手を上げ
ることはしていません。今にして思うと、楽しい遊びの一
つだったのでしょう。

環境がもたらすもの

　子育ての中で一番重視したのは、「人と共に生きる力」
です。言葉にすれば同じ「一人っ子」ですが私と息子では、
その状況は大きく違います。私には叔父、叔母、従兄弟達
が大勢いました。昔は親族が近くに住んでいて日常的に交
流がありましたから、従兄弟とはいえ、兄弟のような感情
が育っていたと思います。息子には、この存在がありませ
ん。一番近い肉親は97歳になる祖母、次が私達の従兄弟で
５親等も離れています。私達が人との関係を知力・体力に
先立つと考えたことは納得していただけるでしょう。そし
て今は親、兄弟が物理的に離れて暮らすことを余儀なくさ
れる時代です。少子化の現代、私達の状況は日本全体の問
題になりつつあると思います。
　子供が集まる場所として、まず公園に行きました。新興
住宅地の公園で小さい子供に出会うことはありませんでし

た。そうだ保育園！と思いつき、出向きました。

「お母さんはお仕事をされているんですか？」「いいえ」

「お体の具合が悪いのですか？」「いいえ」

　世事に疎い私は、保育園が事情のある子しか利用できないことを、この時まで知りませんでした。それでも園長先生は「外遊びの時には連れてきていいですよ」と言ってくださいました。

　その後、程無くして富山に帰ることになります。義父が癌と診断され入院したのです。体の弱い義母が１人で薬局を営まねばならず、手伝うことになりました。

　ラッキー！　息子は保育園へ。

　半年後、無事父は退院し、私達親子も宇都宮へ戻りました。この間に断乳し、痔の手術が可能になりました。次は私の番です。産後、仙台で診察を受けた先生は、神の手を持つと評判の方でした。この病院へ入院しました。術後も重い物を持ち上げたり、無理はできません。今度は宇都宮の保育園に通うことになりました。

　幸と不幸は背中合わせです。

　２歳間近のある朝、息子は突然に「天のお父様、今日もおいしい食事を有り難うございます。アーメン」と言いました。１歳半から２歳までお世話になったのは、教会経営の保育園です。早速このことを保母さんに話しますと、食前のお祈りの言葉を教えて下さいました。とても１度や２

度聞いて覚えられる長さではありません。息子が口にしたのは要点を押さえた出来過ぎのダイジェスト版。日常会話は片言なのに、ちゃんとした文章になっていることにも唖然です。子供の底知れない能力と環境の大切さを痛感しました。語彙が増えてくる２歳頃は驚きの連続です。

　同じ頃、２階の寝室で眠りにつこうとしていた時のことです。息子が「バイク」と一言発しました。排気音を聞き分けていたのです。この時ハッ！としました。大人は言葉で確認するまでは分かっていないと思いがちですが、息子はいつ頃から車と排気音の１対１対応について気付いていたのでしょう。どちらも「侮るなかれ、先入観に惑わされてはいけない」と自らを戒める出来事でした。

　自分の匂いは分からないといいますが、行動も同じで、無自覚のうちにやっていることは少なくありません。

　何でもパクパク食べる息子です。保育園の連絡帳には、いつも「たくさん食べて、たくさんウンチをしました」と記されているのですが、ある日「ウィンナーをペッしました」とありました。保母さん達にとってこれは事件です。それまでハムは食べていましたが、ウィンナーを食べさせていませんでした。子供が喜ぶ紅いタコウィンナーですが、私は着色料を考慮して、無意識のうちに排除していました。

　保育園で撮った集合写真を見て、やっちゃった！　と思った事柄もあります。他の子供達が腰を立て背筋をピンと

伸ばしている中、1人だけ腹を曲げ、猫背で顎を突き出しています。原因は明白です。掴まり立ちを始めた時から膝を折り、バッチャン座りをしていたのです。お行儀よく、かわいく見え、大切なことを見落としました。

　赤ちゃんが足を投げ出して座ることには理があります。腰を入れ、背筋を伸ばし、正しい姿勢を獲得するためには必要な通過点。その後、私は息子の姿勢について口煩く言う破目になります。私が「ピッ！」と言うと、反射的に背を「ピン！」と伸ばすというふうでした。

　又、子供が苦手故の出来事も起こります。私は赤ちゃん言葉を一切使いませんでした。1歳半の検診では、どのくらい言葉を理解しているかを調べます。ここで「ママは？」「？」「マンマは？」「？」。

　息子の頭の中は「？」only。ただでさえ口元のゆるい顔が増々阿呆に見えます。「この子は知恵遅れかもしれないから再度精密検査を受けるように」と言われました。もちろん受けてはいません。聞かれたのが認知していない言葉だったことと、日常の暮らしの中で私の言葉は理解していると確信を持っていたからです。

　そうは言うものの、言葉を発し始めてから記録を取りました。ここでも一般的には「ママ」「マンマ」「パパ」を最初に発するようですが、我が家にこの言葉は存在しません。

　G作君にパパ・ママは不似合い。G作の父ちゃん・母ち

ゃんです。一度身についた習慣は、おいそれとは直りません。お父ちゃん・お母ちゃんとしてそのまま使い続けたのです。

　当然発語も遅く、最初に発した言葉は「耳」でした。息子が知る中で、これが一番簡単な言葉だったようです。子供にとって言いやすいのは上下の唇を合わせて発するマ行やパ行バ行のようです。出だしは遅かったものの一旦出始めると瞬く間に語彙は増え、平均を上回ったので、記録を取るのは半年で終わりにしました。

子供は吸い取り紙

　赤ちゃん言葉を使わなかった利点を上げるとすれば、発音が綺麗だったことです。ＮＨＫの『英語であそぼう』という番組を見ていた時、"car" という息子の発音が日本人離れしていたことにも、とても驚きました。この年齢は何でもありのままに吸収できるようです。早くから気付いてはいましたが、このことの重要性を認識するのは幼稚園に入ってからです。

　周囲の愛情をいっぱいに受けて育ったのでしょうが、赤ちゃんぽい発音のままのお子さんがいました。お母さんも子供に合わせた対応をしていて、自身気付いているのでしょうか。これを修正するのは大変だろうなと他人事ながら気になりました。

2歳半頃、玩具の車に跨って足で漕ぐ日々が続きました。内股で足首をうまく使えず、靴の親指のところが磨り減ってきて穴が空きました。近々靴下にも穴が空き、その先は？　痛い思いをすれば何か工夫をするでしょうと、その日を待っていました。

　そんな矢先、息子が泣いて帰ってきました。「K君が……」。穴の開いた靴のことで嫌がらせをされたようです。「そんなときは『やめてください』と言うのよ」と話し、ガムテープで穴を塞いでやりました。すると息子は再び元気良く飛び出していきました。

　5歳になった頃、幼稚園で大の仲良しのY君と小2のA君が遊びに来ていました。体の大きい2人はエネルギーが有り余っていて追いかけっこです。2人で絡み合いながら華奢な息子の上に倒れ込んできました。これは堪ったものではありません。

「苦しい！　止めてください！」そんなに悠長に言ってる場合ではないでしょう。不謹慎にも思わず笑ってしまいました。私が教えた通りに言ったからです。

　子供は吸い取り紙のように吸収する、成程、成程。分かっていても妙に納得、感心してしまいます。

　3歳になった時、「そろそろ父ちゃん、母ちゃんじゃね」。当時、義父の2度目の入院で再度別居していましたが、正

月に帰って来る夫を驚かそうと息子に「御父様」と教えました。すると程なく「御祖母様」「御母様」と応用するのです。夫を驚かす前に私がびっくり仰天してしまいました。

新たな環境

幼稚園に通い始めて3週間目、「行きたくない」とぐずります。だんだん抵抗力が増してきて制服に着替えさせるのも難しくなってきました。

そこで「分かりました。あなたが熱を出したのならお母さんが連絡します。でも、あなたの都合で休むなら自分の口から言いなさい」ということで幼稚園に向かいました。

門の遥か手前から「お休みしま〜す。お休みしま〜す」と叫ぶ息子に、先生は「ほらほら、そんなこと言ってると鯉幟作れないわよ」。そして、ポ〜ンと中に放り込まれてしまいました。先生に事の次第を話すと、「大丈夫よ」と力強い言葉を頂きました。

息子は自分の思いを出せたからか、翌日からゴールデンウイークの長い休みに入って切替えができたのか、その後同じことが繰り返されることはありませんでした。先生が魔法の粉を振りかけてくださったのかも。

親子で暮らしているうちは何事もありませんでしたが、幼稚園に入り、社会との接触が多くなると良くも悪くも様々

なことを吸収してきます。新たな世界の始まりです。私にとっては「染脳」と「洗脳」の戦いの始まりです。

　集団生活では共に同じことをします。一つの課題を協力してやることも一人っ子には新しい体験です。「同じこと」と同時に「同じではないこと」も学びます。

「お母さん、○○買って。Ｙ君も持ってるの」

「Ｙ君はあなたの持っている△△を持っているの？」

　首を横に振って「ううん」。終了。

　経済観念もついてきます。年長のある朝、目が覚めたら外は一面の銀世界。外出するために車の雪を払い落としていると、「お母さん、捨てないで。子供達は雪が好きだから売ったらいい」と言います。幼いながらも考えているわね。なんと頼もしい。「世の中に無駄なものはありません。無駄にする人がいるだけ」これは私の信条です。「着眼点はいいけれど、どこの子供に売るつもり？」。問題提起は心の内に収めました。

　幼稚園で覚えてきたのが「何で？」。この何では、それまでの何でと違います。私自身の考えに問いかけてきているのです。そのつど理由はある。いつも同じではない。「どうしてだろうね」と答えず逃げ切りました。

　男の子は、思春期になると母親との会話が少なくなると聞いていました。その原因の一つが「どうせお母さんの考えはこうだ。言っても無駄」と自分の中で始末してしまう

からでしょう。そして心掛けたのは、私が何を考えている
のか、読まれないようにすること。私は「ブラックボック
ス」になればいい。このアイデアは娘だったら持てなかっ
たかもしれません。

　遣り方は簡単。私の得意技「出た所勝負」です。一つの
事柄に同じ返事をしません。ある時はYes。ある時はNo。
必ず聞かないと分からないようにしておくのです。

　本心はNoと言いたいけれど、毎回Noでは読まれてしま
います。ここは攪乱優先でと心ならずもYesと答えること
もありました。何を考えているか分からないことに加え、
何を言い出すか分からないという不安感が上乗せされ、厄
介な母親です。高校生になって困らせたいと思ったのも無
理はありません。一方で、お母さんは何でもお見通しだと
思っている節もあって、過大評価されているなと思わず苦
笑いすることもありました。私に透視能力はありません。

車をとおして

　子供のアウトラインは4歳くらいまでに大体見えてくる
ようです。息子に関していうならば、車に集約されます。
ちょうど子供の目の高さにあるからでしょうか、歩き出し
た頃からタイヤ観察は熱心でした。私は危ないから近付い
てはいけませんと全面否定はせず、エンジンがかかった車
は動くので危ないから近付かないことと、万が一エンジン

がかかったらすぐに離れるように伝えただけです。

　鉛筆を持ち始めた時から描くのは車、車、車。パトカー、救急車、ショベルカーにトラックです。毎日飽きもせず。一番の特徴はA4の紙に描いてもメモ用紙や大きな包装紙でも縮小・拡大したように描くのです。私の従弟などは目先に夢中で、端に来ると「紙が足りない！」と叫んでいたのとは対照的です。全体が見えていてバランス感覚のいい子だなと思いました。これならどこでも遣っていけるでしょう。まずは一安心。

　しかし、この食み出さないところにこの子の限界があるなとも思いました。どうせ食み出せないのなら思いっ切り大きなキャンバスを用意しちゃえ。大学進学にあたって留学を提案しますが、このような背景があってのことです。

　息子の専攻は建築です。「実務に就いたら失敗することは許されないから、学生時代は失敗を恐れず思いっ切り遣りなさい」と。そのうえで更に、「食み出せ！　食み出せ！」と囁き追討ちをかけたのです。何事においても限界・境界を知ることは必要でしょう。そのためには若いうちにできるだけの失敗をしておくのがいいと思っています。

　幼稚園に入って半年ほど経った頃、「斜めから見た車を描いて」とせがまれ、夫はマグネットボードに斜めから見たパトカーを描きました。描いた途端、アッという間に消されてしまい、「もう一度描いて」。

描いては消され、描いては消され、相当根気よく繰り返していましたが、「お前、自分で描け」と降参したのは夫の方です。

　そして息子はなんと、バンパーから描き始めたのです。描き進める手順は全く違うものの、出来上がった車は見事なものでした。子供の頭の中はどうなっているの？　できるものなら、かち割って中を見てみたいものです。それからはパトカーに始まり、救急車、トラックを斜めから描き散らしました。今にして思うと、他の車は手本を示していません。ということはここでも応用が利くのです。

　しかし、１カ所ミスがありました。トラックの荷台の奥が垂直に切り立って、台形になっているのです。しばらくの間見守っていました。

　そしてある日、空になったティッシュの箱の上を切り落とした荷台もどきをかざし、「どんなふうに見える？」と聞きました。彼はすぐに察知し、それ以後、荷台は平行四辺形に修正されました。

　それから１年が経ったとき、突然、又横から見たトラックを描き始めたのです。一気に下手になったようで、どうしちゃったの？　こうして描き続けること３カ月。私は驚愕してしまいました。

　トラックのホイールは前輪が出っ張っていて、後輪が引っ込んでいることはご存知かと思います。「斜めから見た

絵はこの違いを描き分けられる。でも横からの絵は引っ込んだ感じは描けるけれど、出っ張った感じが描けない」と言うのです。そんな問題意識を持って３カ月も……毎日……。全く言葉がありません。

　大人には窺い知れない世界を覗いてしまったようです。このような瞬間に立ち会えたのは本当にラッキーです。と同時に緊張も走ります。子供は心の内を全て表現してくれるわけではありません。タイミングよくその場に居合わせることは幸運の極みです。親にできることは信じること、せめて邪魔をしないことぐらいでしょう。

「時は金なり」。これは大人にとっては１分１秒が貴重だとあくせくした感じですが、子供にとっては何にも縛られない解放された時間だろうと思います。そして子供にとっても大切な１分１秒であることは定かです。

「子供時代に子供の時間の中で過ごすこと」を大切にしようと痛切に感じた出来事でした。

　息子は車を通して様々に学び、私は車を通して息子を知り、彼を通して、子供の一端を垣間見ることができました。

　人は学者を子供のようだと嘲笑して言ったりしますが、子供は鋭い目線を持つ学者のようだと気付いた私は、「侮るなかれ」と自身に言い聞かせ、更に子育てではなく子供観察に勤しむことになります。

先を描く

　息子に習わせようと考えていたお稽古事が３つあります。

　１つはバレエ。これは姿勢を良くすることと、内股をどうにかしてやりたいためです。

　２つ目は習字。日本文化の代表として、又、実用を兼ねてです。こんなに字を自筆しない時代が到来するとは思いませんでした。それでも自分の名前は生涯書かねばなりません。

　３つ目は音楽。これは世界共通言語として世界中の人とコミュニケーションを取る糸口としてです。

　しかし、これらの計画は水の泡となりました。誕生前から予定していた寄宿生活が七年も繰り上がったからです。新しい地に来て情報収集が難しかったこともあります。加えて先生を選ぶにあたって私のこだわりがありました。一般に、海のものとも山のものとも付かない小さいうちは特に先生を選ばず、才能が見えてきてから、より良い先生に付けようとなります。私は、先が見えないからこそ、まず良い先生に見てもらうという考えなのです。

　ところで、良い先生って？　バレエを習っている幼稚園のお子さんが、ターンアウトを厳しく指導され、嫌いになったという話も耳に入ります。そんな中、幸運な出会いがありました。栃木県出身で日フィルの打楽器奏者の佐藤英

彦さんが退団後、宇都宮で指導してくださるというのです。早速先生を訪ね、「半年のことですが」とお願いし、受け入れてもらいました。こんなに小さい生徒は先生にとっても初めてです。佐藤先生を紹介するＮＨＫのローカル番組にその様子が取り上げられました。

　私が「この人」と思ったポイントは打楽器奏者という点ですが、これは大当たりでした。お定まりの楽譜を見てピアノを弾くこともやるのですが、反応が今一です。教室にはマリンバやドラム、その他にも様々な打楽器がありました。こちらの方が楽しかったようです。そして一番贅沢だったのが、先生とのコラボレーションです。ピアノが堪能な先生が息子の振る指揮棒に合わせて即興で弾いてくださったのです。こんな時にも息子のこだわりが出ます。譜面台を引っ張ってきて譜面を立て、やおら振り始めるのです。家でピアノを弾く真似をする時も、子供用の踏み台にアイスの棒を２本貼り付けてペダルを用意するという具合で、ここでもこだわりの強い性格は健在です。そしてレッスン最後の日、先生から指揮棒をプレゼントして頂きました。

　年中も終わりの頃、ＮＨＫの教育テレビで『マーラーの交響曲第３番』を聴いていた時のことです。ながらで聞いていた私は聞き洩らしたのですが、息子が「トライアングル」と一言。この時は、「黙って聴けるようになったら、本物の音楽会へ連れていってあげるね」と約束しました。しかし、私の本音は“もっと聞かせてほしい”。

小さい子供は思ったことを素直に口にしてくれます。息子は特に見えやすかったのかもしれません。

　次のお稽古の時、このことを先生に話しました。「そうなんですよ。あの音（トライアングル）は重要なんです」とおっしゃいました。重厚な音の海から、捉えたのです。恐るべし！

　そして小学１年の夏休み、那須で開催された日フィルのサマーコンサートで、晴れて生のオーケストラに触れました。これは泊まり掛けで、団員の人達と共に沼っ原湿原を散策し、プールで泳ぎ、朝に晩に生の音楽が聴けるとても贅沢な催しでした。

　その後、卒業式に出席するためアメリカへ行った時、ボストンフィルのチケットを用意してくれていました。布石が利いたようです。

　富山の公園で遊んでいた時のこと、そこに居合わせたお父さんから「この子、幼稚園落ち零れたんですよ」とショッキングな話。聞けば、古くからある有名な幼稚園です。そして転園した先は、私が以前から気になっていた、実家の近くに新しくできた幼稚園でした。

　保育園も２カ所経験し、これは小学校に上がるまでが勝負だと思いました。小学生になれば公立・私立を問わず文部科学省の枠組みがあります。そんなことを考えていた頃、「ヤマギシズム学園」に出合いました。ヤマギシは山岸巳

代蔵さんを中心に昭和28年に発足した農業法人です。その後、鶏・豚・牛を飼い、それら生産物で加工品を作りと拡大していきました。ある日、夫が豆腐1丁と「供給所通信」を手に帰ってきました。折しも春、幼年部の記事がのっていました。これだと直感した私は早速、『子、五歳にして立つ』を購入して読みました。

　夫の賛同を得、義父に恐る恐る話します。幼年部に子供を送る難しさは、小学校に入る前の1年間を親元から離すことです。親以上に祖父母のハードルが高いのです。驚いたことに義父はヤマギシズムについて知っており、「それはいい」と二つ返事で賛成してくれました。おばあちゃん達2人は反対の仕様もありません。

　義母が健康な人であったなら、義父は市長選に出馬していただろうと叔母から聞いていました。社会に対して強い思いを持った人でしたから知っていたのは当然かもしれません。こんなふうで息子は2歳8カ月にして、あっさりと幼年部に行くことが確定しました。

　学園に送るにあたっては、ヤマギシズムを理解するための講習会に参加することが義務付けられています。1年も手元から離すのですから、いくら考えても考え過ぎることはありません。それでも我が家はハードルが低すぎたせいか、思わぬ落とし穴がありました。

　面接の場で「お子さんの命離せますか？」と問われ、夫

はウッ！と詰まります。それを横目に私は思わず吹き出してしまいました。色々と考えているようでも、そこは家庭における男と女の違いでしょうか。「幼稚園に何時間か送り出すのも、1年送り出すのも同じでしょう」と私。考えるまでもなく、時間の長短と危険は比例するわけではありません。

　一般に人と同じことをしている時は深く考えることなく遣り過ごしていますが、親としては当然心しておくべき覚悟だと思います。更に、昨今のように大きな地震や災害が多発する時、町中より田舎の方がかえって安全でしょう。そして、田畑、動物、豊かな自然に囲まれ、村人をお父さん、お母さんとし、24時間遊び仲間がいる毎日。幼少期の自分の心に照らしても羨ましい限りです。
　更に今の地域社会では得にくい「人の暮らしの原点」を体感することは重要なことだと思います。
「子供には幸せな社会を築いてほしい。そのためには、幸せな社会をイメージできるような幸せな子供時代を過ごしてほしい」
　昔のことですっかり忘れていましたが、これが私達の志望動機でした。

ヤマギシズム学園幼年部

　ヤマギシズム学園は、それに先立って開催されていた「子ども楽園村」が起因となっています。1980年代、中学生はとても荒れていました。大人に対して率直に気持ちをぶつけ、見えやすかったのは幸いだったと思います。いつの時代も親は、「あなたのためだから」と言いながら自分の理想と期待を子供に求めます。しかし、農業はそういうわけにはいきません。天候に合わせ、野菜の様子を見て、水が必要か、肥料が必要かと、ひたすら対称物に合わせる日々です。そういう人達が子供を見たらどうなるのだろうか、ということで始まりました。

　最初は大きな子供達からスタートしたのです。そうこうするうちに会員の中から「自然と人が共に豊かな環境で、伸び伸びと子供を育てたい」と声が上がり、1985年幼稚園年長の１年間を親元から離れ集団で暮らす幼年部が発足しました。

　幼年部に入るに先立ち、楽園村デビューは幼稚園年中のゴールデンウイークです。待ちに待った７泊８日のお泊まり合宿で、１週間後どんなだったかなと期待しながら迎えに行きました。着いてみると、この楽園村で溶連菌感染症が流行り、半分は寝ていたということでした。さぞかし第

一印象は悪かっただろうと気落ちしました。ところが帰りの車の中で、「お母さん、楽園村ってテレビも玩具も無いけど楽しいんだよ」と言いました。このことを村のお母さんに話しますと、「寝ていても楽園村ですから」と淡々とおっしゃいます。なんと頼もしい人達なんでしょう。

　幼稚園に入ったばかりの頃、お母さん達は園での様子が気になって根掘り葉掘り子供に聞き出す人が少なくありませんでした。しばらくすると子供は聞かれなくても報告するようになります。私はそうしたことは一切しませんでしたから、息子がこのように話すことは未だかつて無かったことです。よほど感ずるところがあったのでしょう。

　しかも、なんと的確な報告でしょう。幼年部への準備は好スタートを切りました。夏休み、冬休みの楽園村を経て、いよいよ幼年部に入ることを伝えます。

「A君やY君も行くの？」

　A君とY君は同じ宿舎に住む年上の子です。年長さんになる子しか行けないことを話しました。今度は、行きたくないという反応はありませんでした。

　幼年部の大きな狙いは、子供を親や大人の重力から解き放つことです。ですから会えるのは6月と10月にある泊まりがけの学園参観、お盆とお正月に数日家に戻ってくるだけです。一番おいしいところを手離すのは残念ですが、子供のためとあらば致し方ありません。

私がこのような考えに至ったのは、まだ独身だった時に見た一本の映画の影響です。第２次世界大戦を取り上げたもので、このとき、アウシュビッツに送られたのがユダヤ人だけではなかったことを知りました。列車に乗っているのは東欧のジプシーです。

　どこに向かっているか分からぬまま、皆不安を感じていました。この時、人の行動は大きく２つに分かれます。お互いに離れまいとギュッと１つになる家族。そんな中、ある夫婦は列車が停止した時、畑の向こうに１組の夫婦を見つけ、「あの人達の所へ振り向かないで真っ直ぐ行きなさい」と子供を列車から下ろしました。この選択が、子供にとってどうかは未知数ですが、親と一緒に行くより可能性があると判断してのことでしょう。私が人の子の親となった今も、この人達の胸中は計り知れません。この映画の主旨は別にあって、この場面はその切っ掛けにすぎなかったのですが、私には強く印象に残りました。

　晴れて幼年部生となった子供達は、この先１年、何があっても親に頼ることも甘えることもできません。これからは自分達の力で暮らしていくので、洗髪も自分でしなければなりません。学園では女の子は髪を短くし、男の子は丸坊主。ですが、子供が自発的に言ってくるのを待ち、強制はされません。これには狙いがあり、学園生としてやって

いく自覚を持たせることです。息子は真っ先に申し出たようです。すると、次々に僕も私もと続いたとのこと。

　元々かわいい盛りですが、一休さん頭で一段とかわいくなりました。

　晴れて幼年部生となった子供達に次に会えるのは６月です。このような環境では、人と協力することが自然と身に付きます。頭で理解させるのではなく、育つ場を用意するだけでいいのです。子供達に連帯感が育っているように、親同士の連帯感も日を追うごとに強くなっていきました。我が子に目が張り付いているようでも、得てして肝心なところは見ていないものです。お互いに、目にし気が付いたことを伝え合い、様子を共有していました。

　楽園村に参加している子供達も一緒の、運動会でのことです。駆けっこで走る意欲がなく、だらだらしている子に、息子が必死に声を掛けながら伴走していたそうです。人と共に作り上げる、為し遂げることを様々に体験してきたであろうことがよく分かります。

　好き嫌いの多い子も、自分達で作り収穫すると、嫌いだった野菜を「おいしい」と食べるようになります。もいだ茄子にその場で塩を摺り込み、小さな手で揉む「100回揉み」は、青空の下でおいしいことこの上なし。別の視点から見ると、「体・数・味覚＋α」を同時に刺激しています。五感をフルに使っての毎日。楽しくないわけがありません。

心理学を学ぶ学生が調査のために学園に来た時のことです。学生が子供達に見せた絵には、ガラスを割って逃げる子供と男の人に怒られている別の子が描かれています。「あなたが怒られている子だったら何と言いますか」と子供達を隔離して、一人一人に聞いたのですが、その結果が驚きでした。他所の調査では総じて「自分ではない」「あの子がやった」と答えたそうです。まあ、想定内です。

　学園生はというと、「御免なさい」と答えた子が多かったのです。他では見られない反応だったといいます。一緒に遊んでいて、連帯責任ということなのでしょうか。そうだとして、「一体」という考え方がすでに育っているということです。自己責任とは対極の世界です。大人の価値観に毒されず昔のような子供社会で育っていると、他の子供達も同じように答えるかもしれません。

　こうして１年後、どの子もほっこりとかわいさ倍増して初等部へ、親元へとそれぞれ出発していきました。

初等部での暮らし

　息子は幼年部から初等部に進みました。ここでは１年生から６年生までの大きな集団で、私達の時代そのままの子供社会があります。プラス集団生活です。学園での生活は

「始めに暮らしありき」。朝登校前に居室・廊下・浴場やトイレなどを自己申告で分担して美化（掃除）します。

　ここでは畑だけでなく鶏や乳牛も飼っています。農業や畜産に定休日はありません。６年生の男子は牛舎の糞出しをやらせてもらえますが、これを毎朝やるのです。面白いのは、一般には誰も遣りたがらない３Ｋのこの作業を、僕も僕もと遣りたがることです。日々目にする力強く逞しいお父さんを自分の目指す姿としているのでしょう。もう１つは、毎日戯れながら見てきた年上のお兄さん達の姿です。この２つが相まって男の子達にとって"牛の糞出し"は、集大成の作業なのかもしれません。

　小さい子は集卵をします。鶏は数が多く、どちらも個体を認識できません。それに比べて大きい牛は、名前を付け、長く付き合って愛着を持ちやすい生き物です。一般にペットとして飼われている動物は死ぬと人と同じように埋葬すると思いますが、ここにいる動物は人間のために飼われています。「今日は△△（牛の名前）を食べた」ということがありました。こういう現実を１人で受け入れるのは難しいでしょう。大勢の仲間がいて皆で受け止めるから可能だったと思います。この先も、事実から目を反らさずに向き合っていく１歩に繋がればと思いました。

　子供社会では年上の子の言うことは絶対です。大人の言うことは聞かなくてもお兄さんお姉さんの言うことには、

一も二もなく「ハイッ」です。

　この頃の子供は、１年ごとの力の差が目に見えやすいので、自ずと大きい子は小さい子に気を配り、小さい子は大きい子に従うという構図が無理なくできあがるのだと思います。同じ年の子達の中でも自然に役割分担が決まるようです。リーダーシップを取る子、サポートが得意な子etc.。そして全体がうまく動いていくのです。

　ここで大人社会と違うのは、役割による上下関係は無く、フラットなことです。お金が絡んでいないことと、大人からの入れ知恵がないからでしょう。

　又、ここの子供達のいいところは、評価を付けずに有りのままを受け入れるところです。

　大田原の冬は寒く、霜柱が立ちます。そんな畦道を通って学校へ行くのですが、ある日、「僕、転けチャンピオンなの」息子はあっけらかんと言うのです。だから鈍くさいでもなく、楽しそうな通学風景が浮かびます。

　集団登校をしますが、ここでも地域の子供達とは違う様子が展開します。忘れ物をした時、ランドセルや荷物を他の子達が持って先に行き、当人は身軽に走って取りに行くのです。

　学校は歩いて30〜40分の所にありました。新１年生は重いランドセルを背負って、体力もありません。遅刻しそうになると、体力のある子が１年生を背負い、他の子達は２

人のランドセルを持って、一丸となって走るのです。ここでは誰が悪いと追及したり責めるということとは無縁です。いかに問題解決するか。その一点です。幼年部の子達の「御免なさい」といい、これは「同じ釜の飯を食っている」故でしょうか。

　これとは対称的な様子を地域で目にしました。5、6年生と思われる女の子と見るからに新入生という女の子が2人で歩いていました。大きい子は先生のように先頭を、その後を新入生が神妙な面持ちで歩いています。たった2人の登校班です。手をつないで行くのが自然だと思いますが、笑うに笑えない光景です。

　食は暮らしの中でも重要です。好き嫌いの多い子は、それが人との関係にも表れるとか。学園ではメニュー紹介と共に食材がどこから届いたかも伝えられます。大勢の人々、様々な恵みのおかげで生きていることが日々実感できる一齣です。魚などはどこで水揚げされたか分からないので「海から」とアバウトではありますが。

　10人1組でテーブルを囲みます。出されたものは全て頂きますが、モリモリ食べる子も、体調を崩し少ししか食べない子もいて自分で調整します。中央には調整皿があって自由にお代わりできますが、世話係のお母さんが目を配ってくれています。

　ある時、「僕、変なんだよ。他の子達は『肉ばかり食べ

ないで野菜も食べなさい』って言われるのに、僕は『野菜ばかり食べないで肉も食べなさい』って言われるんだ。肉を食べるようになったらウンチが硬くなった！」

　それまでどんなウンチをしてたの？　大勢の中だからこそ見え、素直に実行してみて分かることがあり、これぞ学園の真価です。私もこの学びにあやかり、今一つ出が悪いなという時は野菜を多めに取ります。効果は抜群です。

　食後に交代で食器洗浄をすることは言うまでもありません。

　農村地帯ゆえの豊かさには事欠きません。春、トラクターが道に落としていった稲の苗を拾ってきて米作りをしたことがあります。土を耕し、水を張り、管理を自分達でしました。秋には村人全員が食べられるほどの収穫があったといいます。新米を食べる最初の日はご飯が主役。おかずはご飯を味わうためのものが選ばれます。息子は「優しい味がする」と言いながらもりもり食べていたそうです。今も「お米大好き」です。

　別の時には各人が小さな土地をもらい、好きなものを育てたこともあります。茄子やオクラ、トマトなど２〜３株ずつ植えました。いろいろ植えたくて、もっとください（土地を）と提案したようです。登校前に苺を摘んで頬張り、帰ってきて又頬張り、贅沢です。苺は早く摘むと酸っぱいし、油断して熟れすぎると蟻に先回りされるし、蟻との知

恵比べでした。

　夏休みに家に帰ってくる数日間は、畑の手入れができません。「自然の恵みに任せるしかない」と子供らしからぬ言葉も出ます。学園に戻ってみるとオクラはとんでもない大きさ（20cm余り）に育っていました。店頭で見るサイズを基準に考えると、ここまで育つものなの？　食べられるの？　知らないというのはこういうことです。

　又、瓢箪作りにはまっていた子もいました。ここでは個性全開です。そして息子は自信を持って、「野菜作りは僕が教えてあげるよ」。心強いお言葉、痛み入ります。

　体験は自信の源であることは確かですが、目を細くできることばかりではありません。

　ある日、子供達が熊蜂退治に出かけたそうです。首を刺されないようにパーカーを着て長靴を履き、ゴーグルと手袋を付け、万全の備えです。もちろんこういうことには小さい子を巻き込みません。昔は鉄橋から川へ飛び込んだり、多かれ少なかれ似たようなことをやっていましたが、当節はおいそれとは見られない情景です。当然、後で懇々と説教を食らったことでしょう。

　写真家のＯさんが子供達に密着して写真に収めていた時の観察です。鬼ごっこのように体を張った遊びは30分が限度で、次の遊びに移行していくそうです。それが蟻を観察

している時は頭を寄せ、2時間も同じ場所を動かなかったといいます。これこそ、私が大切にしたいと思った子供の時間です。2時間も蟻を観察し続ける大人はいるでしょうか。研究者でない限り、変人扱いされるのが落ちです。子供時代いいな〜。この特権を取り上げないよう切にお願い致します。

　子供の能力は他でも発揮されます。箍が外れた私から見ると特別感がないのですが、息子はアイデアマンで創造力があると言われます。言い方を換えると「変わった子」だとも。

　大いに結構。

　長い廊下を利用して人間双六を作ったり、文化祭の折、お化け屋敷を作りたいと言い出します。要求された布などを用意したものの、無理だろうと見ていたそうです。が、立派に作り上げたということです。見てみたかった〜。

　けれど、後がいけません。遣りっ放しで、後片付けは他の人達がやったそうです。一体生活で適材適所と言ってしまえばそれまで、遣ってくれる人がいて困らないせいか、だらしなく、詰めの甘いところは一向に変わりません。

　日々群れて「思いっ切り遊ぶ」ことで、1人の子の知識はみんなの知識となり、塾へ行くよりよほどのことを知ることになります。子供はそれぞれに得意分野を持っていま

すし、中には年齢に関係なく「博士」と一目置かれる子も
います。親は楽をして、子供は楽しく、社会性が身に付き、
知識が広がる。外で走り回って体力もつく。好い事づくし
です。

　子供にとって豊かな環境がある一方で、親と離れて暮ら
すことに懸念を持たれる方もあるかと思います。学園での
体験から、何年離れていても親と子の課題（問題点）は不
思議に同じです。そして世話係の人から「三つ子の魂百ま
で」ですからと、親子の間には立ち入れない領域があるこ
とを示唆されました。そして、子供は親の期待に応えよう
とする。これはどの子も同じだとも言われました。これは
親子が一緒に暮らしている、別々に暮らしているに拘わら
ずということです。その通りだと思います。

　私が大学生で帰省した時のことです。夕方、寝入ってし
まいました。帰宅した両親の話し声で目が覚めたのですが、
「１人しかいない娘が出来損いで困ったな」と。ああ、私
は出来損いなのか、そう思った途端、肩の力がスーッと抜
けました。好き勝手に生きているように思えた私でさえ、
無自覚のうちに親の期待に応えようとしていたようです。
これが子供本来の姿ならば我が子を信じられない親は、そ
の資格を問われることになります。

親元での中学時代

　小学生時代を大田原で過ごした息子ですが、中学は宇都宮の親元からと考えていました。転校するにあたって宇都宮大学教育学部附属中学校を選択しました。全くの思いつきで12月に入ってのこと。締め切りが近いので急いでくださいと言われ、当然受験準備なし、打っ付け本番です。

　この学校を選んだ理由は2つ。1つは様々な学校から集まってくるので友達を作りやすいだろうということ。もう1つは、私達の高校時代、附属から来た人達は、皆しっかりと自分の意見を持っていたからです。

　面接から始まった1次試験を無事通過し最後は、自分の運は自分で掴み取ってくださいと、くじ引きでした。試験が進むにつれ、息子は行きたくないと言い出しました。校長先生にも担任の先生にもお手数を掛けています。

「とにかく最後まで遣りなさい。それに我が家はみんなくじ運が悪いから」と送り出しました。その通りで、思惑と違うくじを引いてしまいました。入学を切望し、努力してきた人には本当に申し訳ないことです。

　改めて「行きたくない」が再燃しました。私達の認識不足だったのですが、受験する子供達は塾ですでに顔見知りで、周りに誰も知り合いがいないのは息子だけだったようです。

「分かりました。附属に行ってみて、やっぱり嫌だったら転校すれば良い。逆に市立の学校に行って、しまった！と思っても戻れないから、まずは附属に行ってみたらどうですか」と提案しました。これを受け入れ入学式当日、帰宅した息子は嬉々として「７人と友達になった！」呆気なく一件落着です。

　一方、入学して半年が過ぎても友達がいないという子もいて、この認識の違いはどこから生じるのでしょう。

　中学生になり通学するにあたって、２つの約束をしました。１つ目「朝、起こすのは１回だけ」。

　これは私自身にとってもハードルです。バスケットボール部に入った息子は朝練があり、６時50分発のバスに乗らねばなりません。それまでに弁当を作り、送り出すのですが、起こすタイミングを見計らい、声を掛けた後はできる限り大きな音を立てて調理するという具合。私は１回だけど、お父さんが起こすのはルール違反にならないよねと夫にＳＯＳを出したこともありましたが、ある日とうとう腹を括りました。

　今日は遅刻してもらいましょう。次のバスは７時30分です。部活は休んでも授業には間に合うと踏んでいました。学校へは町の中心部で乗り換えて行きます。折しもラッシュアワーに突入。遅々として進まないバスを降り、学校まで走ったと言います。学校までのバス経路がＵ字形だった

のは幸いでした。

「それで間に合ったの？」「うん」。やれやれです。

　気が気ではなかったろうに、考えてるじゃないの。あの小さい体で、重い鞄を背負って、あの距離（3km弱）。腹を括って見えた「子供の生きる力」です。

　2度目は「目の前でバスが行っちゃった」とすごすごと帰ってきました。これが市立の学校なら自助努力で解決できますが、バス時間というネック。附属への進学は親が勧めたので、ここは何か手を打たねば。そこで「タクシーで行ったら？」「えっ!?」「K子タクシーっていうのがあるよ。1回100円」。バスという選択肢がなくなった今、もうこれしかないでしょう。以後お小遣いから100円払ってもらい、送迎することとなりました。

　2つ目の約束は、「弁当を忘れても届けません。ただし、出発までにできていない場合はこの限りではありません」というものです。3年間で忘れたのは1回だけ。1食ぐらい抜いても死なないのに学校はカップ麺を用意してくれているのです。余計なお世話をと思うのは私だけでしょうか。

　朝弁当を忘れることはないと確信した私は、次の手に打って出ました。空になった弁当箱は、度々出し忘れるのです。そこで、「夕食後の片付けが済むまでに出さなかった

ら翌日の弁当は作れません」と宣言。出し忘れた時は寝る前に予告します。

　1回目は自分で保存容器にご飯を詰め、日の丸弁当。それに獅子唐をレンジに掛け、お浸しにして添えました。これだけでもよかったのですが、そこは母心。「戸棚に鰯の缶詰があるよ」と蛋白質を追加。ちょっと口を出したけれど、手は出しませんでした。

　2回目はベーグルにレタスとハムを挟んで持って行きました。3回目。さすがに、これじゃ堪らないと思ったのでしょう。提案をしてきました。「今から自分で弁当箱を洗うから、弁当を作ってください」「いいよ」。以後このスタイルになりました。実を言うと、洗い方が雑で汚れが残っていることは度々だったのですが、そこは目を瞑り黙って洗い直しておきました。

　提案と調整は人と共にやっていくうえでの基本です。同時に子供の成長が確認でき、こんなに面白いことはやめられません。

子供部屋は必要？

　私が初めて自室を持ったのは高校2年、家を新築した時です。それまでは戦後のバラックで家族寄り添って暮らしていましたから、初めて1人で眠り、目が覚めて母が枕元にいてくれたときは、ホッとしたのを覚えています。周り

は田圃で、少し先をバスが通ります。それも1時間か2時間に1本。そのバスを眺めながら「あそこに人がいるんだな」と沁み沁み思いました。

　小さい頃から1人には慣れっこだったはずの私にして、こうです。人は人と共に生きる存在であることを強く思い知りました。

　息子が一人暮らしを始めるのは大学の寮を出た20歳頃です。それまではほぼプライバシーのない暮らし。ヤマギシズム学園では寄宿生活ですから当然のこと、中学生になっても個室なし。

　自室を持っているのは夫だけです。これが昼夜の区別がない人で、夜中にキッチンを使われるとLDKに隣接した和室ではおちおち寝ていられません。

　朝の早い息子と時間不定の夫。そこで奥の部屋を寝る人専用としました。リビングでは3つのテーブルを寄せ集め、120cm×170cmの大きなテーブルにしました。半分は食事スペース、4分の1は息子、本を結界に、残り4分の1は私のスペースです。息子の生活は6時半頃に帰宅して汗を流してから食事。その後10分〜15分宿題、それも週3日程。あとは親子でテレビを見たりウダウダという生活。そして9時就寝。なんとも健康的で、とても中学生の暮らしとは思えません。

　例外が週に2日。それはテレビを見るためです。『その時歴史が動いた』と『プロジェクトX』。翌日友達との会

話に加わるには、ビデオに録って後でというわけにはいかないからです。

　中3になり、受験態勢に入った時にはテーブルの1つを部屋の一角に移し、集中できるように高めの本棚で仕切り、学習コーナーとしました。高校生になって、さすがに少しは勉強をするだろうし部屋が必要でしょうと与えました。が、ドアが閉まることはまず無く、せいぜい友達が遊びに来た時ぐらいでした。

　私もそうですが、ずっと人の中で暮らしていると、その中に自分の居場所を作らなければなりません。集中力があってのことか、このことを通して集中力が培われるのか。同時に人に見守られている安心感もあります。

　昔、アメリカでは勉強のためではなく、子供の自立を促すために個室を与えると聞きました。

　携帯電話の普及により、増々子供の様子が見えにくくなっています。子供部屋の与え方について考え直してみる必要がないでしょうか。

携帯電話の時代

　息子が中学2年の時、友人とディズニーランドへ行く約束をしました。早朝駅で待ち合わせましたが、「誰も来なかった」と皆に置いていかれたと早合点。ションボリと帰ってきました。当時、広域から集まる附属中学ということ

で、早々と携帯の所持は許可されていました。遅くまで遣り取りしていた友人達は夜中に予定変更し、その後グッスリ寝込み、息子は忘れられてしまったのです。このことを親に咎められた友達から翌日謝ってもらった息子はようやく立ち直りました。

現在問題になっている芽が、2000年初頭すでに出ていたのです。当節だったら携帯を持っていない方が悪いとされ、親も一緒にとがめられるかもしれませんね。

大学生から高校生へと携帯電話所持が低年齢化してきた時、私の友人は「いつでも子供を捕まえられるから」と親の都合であることを自覚していました。

又、夫は大学で教鞭を取っていましたが、携帯電話の普及に伴ってクラスの人間関係が希薄になり、連帯感が失われてきたと指摘してくれていました。

今や小学生も持つのが当たり前となり、神奈川県が子供の使用時間を制限し、その管理を親に任せるという案を出してきましたが、子供の何を育てたくて持たせるのか私には理解できません。睡眠時間や視力の問題もあります。本来大人の利便性のために作られる道具ですが、逆に振り回されている現状。そもそもセルフコントロールできない人が持つ資格があるのでしょうか？

親にできること

　中学生になった息子はバスケットボール部に入り、学年での副キャプテンを仰せつかりました。事件が起きたのは２年生の時です。１学期で３年生は引退し、２年生が皆をまとめ、引っ張っていく番です。そんな折、息子は部活を辞めると言い出しました。既に顧問の先生にも伝えたとのこと。

　この時、辞める原因を対人関係だと正直に話していました。それまでに辞めていった子達は差し障りのない理由を言って辞めていったそうです。このまま成行きに任せる選択肢もあったのですが、私には３年間何か１つのことを遣り通してほしいという思いがありました。

　退部騒動は成長過程の子供のトラブルです。双方の齟齬があるに違いありません。ここは子供達を育てるという立ち位置で、と乗り出しました。

　まずはキャプテンＲ君のお母さんと情報交換です。Ｒ君は学業も部活も全力で頑張る負けず嫌い。かたや息子は和気あいあい楽しくやりましょうというふうで、良くも悪くも気負いがありません。Ｒ君の目には責任感が欠如していると映ったようです。

　遠回しにいろいろアプローチしても、石頭母さんに育てられた守谷君には通用しません。そこで、「いつ辞めるの」

と直球を投げてきました。さすがにグサリと突き刺さった
ようです。R君は嫌味のつもりだったのでしょうが、息子
には嫌味や皮肉に対する免疫が全くありません。両極端の
2人の子供像が見えてきました。

　R君のお母さんは、子供の頑張りは認めるものの、もう
少しこうあってほしいと望むものがあり、それは私も同じ
です。そこを育てるには親だけでは限界があるという結論
に達し、その足で顧問の先生に会いに行きました。話を聞
いた先生は以心伝心、「じゃ私の出番ですね」と即バトン
タッチしてくださいました。

　その週末、すでに暗くなっていましたが、部活を終えた
2年生が揃って我が家に来てくれました。席を外していた
ので詳しいことは分かりませんが、無事バスケ部に戻るこ
とになりました。息子が先生に正直に話していたことは重
要なポイントだったと思います。

　翌々日、初めての公式戦がありました。息子もユニフォ
ームをもらい、ベンチ入りしました。試合には出してもら
えませんでしたが、「ウォーミングアップで体育館の周り
を走ってすごく気持ちよかった〜！」と清々しそうに話し
てくれたのがとても印象的でした。

　卒業のお別れ会の時、先生が3年間で一番印象に残る出
来事だったと言ってくださいました。特にリーダーシップ
を取るR君には良い体験になったようです。R君のお母さ
んとも仲良しになって、お節介大成功です。こうして私は

着々と仲良しの力を付けていきました。

「困った時がチャンスです。頭が良くなるチャンスです」

　かつてNHKの子供番組で流れていた歌です。これに二題目を追加したいと思います。「困った時がチャンスです。仲が良くなるチャンスです」。

人と共に

　こだわりが強い性格は、中学の文化祭でも発揮されます。帰宅した息子が紙テープを買いたいというのでホームセンターへ行きました。

　文化祭当日、教室に入ると、天井からたくさんの緑色のテープが長々とぶら下がっています。クラス展示は古代マヤ文明の遺跡でした。大きな石頭の模型だけでは物足りなく感じたのでしょう。密林の雰囲気を出すために息子が提案したのです。このテープが有るか無いかでは空気感が全く違うことは一目瞭然。先生は「あんなに熱いところが有るとは思わなかった」と意外な一面を見た驚きを話してくださいました。

　普段は皆に紛れて、強く自己主張をしていないようです。

　次の年には稲藁がほしいと言います。幸い郊外に住んでいて、少し先には田圃が広がっていました。当ては有りませんが、とにかく出掛けましょう。人影を見つけ、声を掛けて、無事藁を手に入れることができました。この年の展

示は夜の海辺の風景です。先生が車を出してくださり、茨城の海岸まで砂を取りに行くという力の入れよう。そして、教室の入り口には茅葺きの軒先ができていました。

こだわりが強いという性格はさておき、アイデアは切っ掛けにすぎません。これを提案し、実現するために知らない人も巻き込んで行動することが、この先を生きる礎となっていく。ここが重要な点だと思います。一般的に、「人に迷惑をかけない」「自分でやるのがいい」という風潮ですが、私の考えは真逆です。そもそも私は何一つ生産せず人が丹精して作ったものを頂き、温々と暮らしています。又、人に迷惑をかければ、その人が困った時には声を掛けやすいだろうと遠慮なくSOSを出しています。

修学旅行のグループ行動でのこと、下調べはしてあるものの、分からないことに何度も出合ったようです。この時、他の子達は知らない人に聞けなかったといいます。「うちではお母さんが『分からないことは人に聞きなさい』と言うから、全部僕が聞いたんだよ」と話してくれました。

遠慮、気兼ね、警戒心も程々にしておかないと身動きのつかない不自由な子になってしまう。その例でしょう。

目標との出合い

週末の午前中は五木寛之の「百寺巡礼」を毎週見るとも

なく見ていました。ある日ぽつりと「いい番組だね」。その時は渋い子だなと思っただけですが、この時すでに建築に進む芽生えがあったのかもしれません。自他共に建築を意識するのは1年後のことです。

　中学2年生になって「僕、家を造る人になろうかな」と言いました。志望校は東工大です。大学に入ったらロボコンを遣ろうか、鳥人間を遣ろうかと大いに夢を膨らませていました。家造りはどうするのと思いつつ聞いていましたが、これが子供時代というものでしょう。何であれ目標があれば、学校での学びにも身が入るでしょう。過剰な期待は掛けず見守ることにしました。これぞというものに出合い、気が変わる時は一瞬のことでしょうから。

　3年生になった息子は総合学習で「座りやすい椅子」について、1年間研究しました。このテーマを選んだのは、姿勢の悪い息子に姿勢良く学習できるようにと私自身、椅子を取っ換え引っ換え試していたことが切っ掛けかもしれません。予想通り、1年後、「僕、椅子を作る人になろうかな」。来た〜！

　落ち着け！　慌てふためきながらも然りげ無く、「それもいいわね。でも椅子を作る人になってから建築に転向するのは難しいよ。逆は可能だけど。まずは椅子が収まる家について学んだら？」と提案。そして、素直に受け入れてくれました。

　後々知ることになるのですが、世界に名を残している有

名な椅子の８割は建築家がデザインしているそうです。怪我の功名。親の勝手な想いが絡んだアドバイスでしたが結果オーライとしてもらいましょう。新築住宅のオープンハウスに連れて行った時のこと、ダイニングチェアーにずっと座っていました。有名な"Yチェアー"です。退屈したのかと思ったのですが「沁み沁みと座っていた」と言うのです。やっぱり渋い。

　幼い時から車に夢中でしたから車作りにも関心があったようですが、自身の選択で建築の道へ進みました。「家を造る人」という発語の切っ掛けは意外なものでした。美術館に茶谷正洋さんの折り紙アートが展示されました。世界遺産や建物を一枚の紙から折り出したものです。メインの企画展に行く途中のプロムナードに展示されていましたが、これを見せたくて連れていきました。狙い的中、息子は関心を示し、折り紙アートを作れる本を「買ってもいい？」と聞いてきました。もちろんＯＫ。そして先の言葉が飛び出したのです。

　私は内心小躍りしていました。しかし、折り紙アートから家を造る人への飛躍は大きすぎ、出来過ぎです。不思議な感じを否めません。

　2020年、私は『うたのすきなねずみ』という絵本を出しました。これは当時７歳だった息子が話してくれたものです。歌の好きな鼠を食べた猫が歌の好きな猫になり……と

心身共に食物連鎖していく循環社会の話です。20年余りの歳月を経て出版するにあたり、これは案外に絵空事ではないと改めて強く思います。

　かつて私は建築を学ぼうと受験のために上京しました。現在と違い、都会と地方の文化格差が大きかった時代です。ここで自分の無知さ加減にすっかり自信をなくし、受験にも失敗。結果、進路を変更しました。そんな私の過去を知らない息子が「僕、家を造る人になろうかな」と口走ったのです。これは出来過ぎとばかりは言ってられません。そのうえ、茶谷正洋さんは東工大を卒業され、そこで教鞭を執っておられたことにも何か不思議な感じがしました。

　親子の関係で面白いのは、これに限らず同じものに関心を示すことです。

　図書館で本の整理がありました。不要になった本を頂けるのです。もはや書店では手に入らないものです。息子に読ませたい本がいろいろありますが、無駄にすることはできません。その中から私自身が読みたいものを選び、家にころがしておきました。すると、いつの間にか、これは自分のものだと言わんばかりに彼の本棚に並んでいるのです。こんな時は思わずにやりとしてしまいます。

　親は私だけではありません。留学を終え、帰国した息子の本を整理していた時のことです。この本見覚えがあるなと思ったら、夫が持っている本の復刻版でした。又、息子

はアメリカで原書を、私は日本で翻訳本を購入していて、「お母さん、建築の本には手を出さないで」と言われたこともありました。同じ本が3冊並ぶこともあります。どんなに離れて暮らしていても、親子の間には目に見えない力が働いていることは確かなようです。

穴の向こう

　最近は見かけなくなりましたが、腰パンが流行していた時期があります。女の子と違って腰の小さい男の子です。極端な子は、パンツをバッチリ丸見せ。引っ張らないまでも、ちょっと摘んだだけで、スルリとズボンが脱げそうな、スリル満点の感じです。そんな様子を横目に見ていましたが、他人事ではなくなりました。

　高校生になった息子は、無報酬のこの道路清掃を始めたのです。ああ、馬鹿な息子よ。友達と同じことがしたいのねと見ていました。こんなことは5年、10年続くわけではありません。一時のことです。

　しかし、線引きはさせてもらいました。玄関から先でお願いします。私が困ります。他の家族にも迷惑です。幸か不幸か息子の部屋は玄関脇にありました。

　同じ理由で、「他所様の家に上がってはいけません」と言い置きました。

　朝ズボンを穿いた後で、忘れ物に気付き、ズボンを摘み

上げ、家の中をピョンピョンしている様子はおかしいと同時に、意識には私の言葉が入っているのだなと分かります。

　石頭母さんに例外はありません。友人を連れて来た息子に、「ズボンを貸してあげなさい」と言います。「Ｄちゃん、ズボン穿き替えない？」。意味不明と遠慮で「いいよ」。その先をはっきりと言えない息子の実態も見えました。

　"雨垂れ石を穿つ"ごとく、几帳面に清掃した結果、裾が擦り切れ、踏みつけられて裾上数センチのところにポッカリと大きな穴が空きました。挙げ句は裾上げが綻びるという有様。私がズボンだったら、「助けてくれ〜！　こんなご主人は真っ平御免だ〜！」と悲鳴を上げるところです。

　そして修学旅行が近づいてきました。とてもこんな状態で送り出すわけにはいきません。いくらお客様は神様ですとは言え、旅館にしろホテルにしろ、迷惑千万な客です。

　まずは洗濯ですが、「このままじゃ洗濯機に入れることはできないから予洗いをしてください」。息子は水でササッと洗って、ハイッ。洗面器の水はビクともしません。「石鹸を付けて洗ってください」。すると、汚れが出るわ出るわ。水は真っ黒です。「ハイ、これが事実です」と確認してもらい、あとは洗濯機にお任せ。

　私は２年余り、ほぼ毎日この作業をしていました。サッカーのユニフォームとソックスです。

　洗濯が終わると、もう一仕事残っています。「裾の纏り

縫いもお願いします」。すると普通は針を横に進めるのに、斜めに刺してあって ++++++「？」。

「親の顔が見てみたい」と思われる状況ですが、これで人様に直接迷惑をかけることはありません。心置きなく楽しんでらっしゃい。

　成人した息子から「あの時はお母さんを困らせたくて遣っていた（腰パンを穿いていた）」と聞き、「御生憎様、私はちっとも困っていなかった。阿呆な子だなと見ていただけ」と私。

　そして、人に流されないで生きてほしいと見守っていましたが、双方のズレが明確になり、楽しい思い出が１つ増えました。

　大学生になった息子に、本や雑貨と共にスニーカーを送りました。この新しいスニーカーを雨の日に履いていると言います。私は、古いものを雨の日に、新しいものは晴れた日に使います。汚したくないですから。

　帰国した息子の髪は伸び放題、そして足元は踵が口を開け、パッカン・パッカン。まるでチャップリンの世界です。これでは雨の日は堪ったものではありません。どんなことにも理がありました。そして形振りかまわず学んでいる様子が見て取れました。

　本来、いい恰好しいの子です。帰って来て真っ先に行くのは美容院。ここでトラブル発生、髪を染めると言うので

す。私は若者のカラーリングに反対です。理由は女性の不妊の要因になっているからです。当然男性への影響も考えて然る可しでしょう。世間では男性の精子が少なくなっていることも問題になっています。これらを承知のうえでのことです。玄関先まで追っかけ、

「じゃ、もう帰ってこなくていい」

「じゃＤちゃんの所に泊まる」

　私は１日２日のことを言っているわけではありません。すると「自分のバランスを取るのに（髪を染めることが）必要なんだ」と言います。こんなことでバランスが取れるの？と思いますが、そう言わせる日々を過ごしていたであろうことは、帰って来た時の様子からも推察できます。

　そして、「いつまでもこんなことを続けるわけではない」と言うので、「分かった。じゃ家に帰って来なさい」と送り出しました。その言葉通り、間もなく髪は染めなくなりました。毒は使い方次第で薬にもなりますが、これもその一環ということで。チャン、チャン。

　子供が描いた絵や学校で作った作品は、皆宝物。私の目が黒いうちは、私に所有権があると思っています。が、他の人には何の価値もない「口を開けたスニーカー」や「磨り切れ、手術を受けたようなズボン」こそが私の一番の宝物です。穴を見つけると、ついつい覗いてみたくなります。穴には魅力満載です。

一見馬鹿なことの裏に

　人と違うことをするのは勇気がいるようです。事柄によっては恥ずかしいことも。

　息子の高校では毎年秋にマラソン大会が開かれます。学校を飛び出し17・3kmを走り、戻ってきます。１年生の時、沿道で見ていると淡々と走ってきて目の前で１人抜き去って行きました。良し！

　例年、上位は陸上部の部員で占められ、その後にサッカー部が続きます。勝負にこだわりの無い息子は友達と楽しくおしゃべりをしながら並走していたそうです。最初に無理をしなかったのが幸いしてか、力が温存されていたのでしょう。途中から「それじゃ」とマイペースで走りだし、10人余りを次々と抜いたということで、その一部始終を目にしたのです。「気持ちよかった～」と50位ほどでゴールしました。これは１年生から３年生までの垣根なしの戦いですから快挙です。

　２年生の時も楽しみにしていました。すると「来なくていい」と言われ、致し方無くこっそりと見に行きました。昨年と特段変わった様子は無く、今回は初めから真面目に走ったのか、２年生になって体力がついたのか、10位ほどでゴール。銅メダルを頂きました。

「来なくていい」には訳がありました。遡ること夏休み、

サッカー部の卒業生と2年生がボウリングに行きました。このゲームでビリになった者が女装して走るならゲーム代を奢ると言われ、全員で乗った結果、息子がその「くじ」を引いてしまったのです。

　大会当日、上着を持って来る予定の子が忘れ、下はピンクのスカートをはいていたそうですが静電気のおかげでサッカーの長いユニフォームの中に潜り込んだようです。
「それで表彰台はスカートのままで上がったの？」「うん」
　旧制中学からの流れを汲む男子校ならではのことです。この一件で、息子は一皮剥けたようでした。

　私にも覚えがあります。学生時代、大阪万博を目前にリニアモーターカーの模型を走らせるためのレール作り、磁石をひたすら張り着けるアルバイトをしていました。その帰りぎわ、友人が思い付きで、「この袋を被って帰ったら500円あげる」と茶封筒を差し出しました。「うん」。

　私は見えないから当然手を引いてもらえると思ったのです。慌てた友人は一計を案じ、目と口に穴を空け、自力で帰れと促します。私は袋を被り、切符を買って地下鉄銀座線の田原町から新橋へ。ここで京浜東北線に乗り換えて、大井町下車。挙げ句、普段は通らない繁華街を連れ回されました。そして500円get。

　この一見馬鹿げた行動から、普通では窺い知ることのない人間の一面を垣間見ることになりました。人は相手の顔が見えないと、自分も見られていない、又は自分より劣っ

た存在だと思うのか、とても傍若無人に振舞うのです。「こいつは醜女に違いない」と面前で堂々と言います。確認のために袋を取る勇気もなく、万に一つ知人かもしれないとの想像力もありません。他の人も同様で、顔が出ていれば遠慮がちに見るのでしょうが、珍獣を見たように直視します。私からは丸見えなのにです。

　これらのことを踏まえ、私は次の手に打って出ました。通りで正面から遠慮なくじろじろ見てくる人に"あっかんべ〜"をします。素顔だったらとてもできないことです。でも誰も腹を立てたり、袋を取ろうという人はいません。阿呆な人間がやっていることは見過ごせるのでしょう。

　阿呆は生きやすいかもと思いました。
「人間にとって"顔"って何？」

　そして社会から逸脱している人達にはどんな世界が見えているのでしょう。友人が手を引いてくれたなら、こちらの方がよほど勇気のいる行動で、逆に千円あげたのにと思います。実際は電車の片隅で他の人に紛れて馬鹿な人間もいるもんだという目で見ていたのですから。御蔭で私は得るものだらけでした。

　いつも不思議に思うのは、人が目立つことと、目立たないことを器用に使い分けていることです。しかも大方は自覚がないままに。

　これは生存本能のなせる業？　前頭葉はどこへ行った？

人に迷惑を掛けない限り、馬鹿なと思われることをする価値は、大いにあると思います。ただし、客観的な視点を忘れずに。人の目を気にして自分を曇らせるのではなく、人の目を自分の覚醒に繋げることができる。そんな感性を備えた人に育ってほしいと願っています。

自発的意志

　高校生の息子が朝ウダウダと寝ていました。どうしたのかと覗くと、「体調が悪いから１時限目の体育は休んで２時限目から出る」と言います。「遅刻の連絡は入れたの？」と訊くと「していない」と言います。
「しなさい」「皆そう（連絡しない）してる」
　枕元で仁王立ちになった私。「お前は『赤信号、皆で渡れば怖くない』そんな生き方をするのか⁉　自分で選んで入った学校の校則を守れないなら行く資格はない。次に又同じことをしたら了解なしに退学届けを出すから！」と言い放ち、立ち去りました。
　それまで私は、言ったことを愚直に実行してきました。脅しではありません。赤信号を渡ることを否定しているわけでもありません。それが自分の生き方だと思うなら相当の覚悟を持って行きなさいということです。
　人に流されないで、どう自分を律するのか。通過点の１つです。しかし、ここまでのことはそうそうありません。

こんな物言いは後にも先にもこの1回限りです。「親の心子知らず」と言いますが、子供の目を気にしていたら育てることはできません。

　息子が自分の子供を育てながら、そういえばと気付いてくれれば◎です。子育ては忍耐力を試され、人の所為にできず、真面目にやると、かなりの人間力が付きそうです。「女は弱し、されど母は強し」子供に対する愛情と必要に支えられ、段々に強くなっていくのでしょう。

　納得です。

　人に流されずに"自律"。これは進路の選択についても同様です。先生から「日本に行く学校が無いわけではないのになぜアメリカの学校なのか？」と言われました。アメリカの学校もアイビーリーグのような有名校ならいざ知らず、日本では全く無名の学校だったことがそう言わせたのでしょう。

　本来子供にとっての学校の先生であり、親であるはずが、主体である子供をよく見ず、数字に踊らされ、振り回す有様。誰しも「考えられる子に育ってほしい」と思っていながら、「人と同じこと」に安住していて考える力がつくわけがなく、更に同じ方へと追い立てたりもするわけで……。まずは子供の自発的自由意志を尊重するところから。

目標があると

　私は行き当たりばったり。閃きで生きていますが、これは普段の観察や思考があってのことです。息子に留学を提案しますが、切っ掛けは９月のある朝、何気なく目にした新聞広告でした。

　親子での参加が原則ですが、このときはまだ２年生だったので、「お母さんだけでもいいでしょう」と言ってもらいました。帰宅して、「こんなのどう？」とパンフレットを差し出しましたが、見向きもせず、「いいんじゃない」と言っていた息子です。

　高３になりゴールデンウイーク中に説明会がありました。日程を息子に伝えましたが反応がなく、練習試合で無理だろうとの私の推測もあって申し込みをしませんでした。

　前日、「お母さん、明日何時？」

「返事がなかったから申し込んでないよ」

「こんなときは、申し込んでおくものだよ」

「ハアッ!!」

　聞いてはいたようだけれど、コミュニケーション能力は今一ね。翌朝、申し込みの電話をしました。午後からだったので滑り込みセーフ。

　夫も誘い、３人で出席しました。見渡すと、両親揃って参加という人は少ないようです。これにも私なりの考えが

あります。ここで聞いたことを人に説明する時、2人で話すとはいえ自分のフィルターを通すので片寄った情報提供をすることになります。それよりも一緒に同じ土俵に立ったほうが同じ内容を共有でき、話も早いというものです。しかし、早過ぎました。

　説明会場を出て間も無くのこと、「行ってもいい？」「いいんじゃないか」と夫。決定！　見事な即断即決。言うまでもなく私に異論はありません。

　夫は留学することに異論はないものの、学部は日本でというのが本音でした。しかし、1度口にしたことは撤回せず、留学先で困らないようにとサポートを始めました。そして行くと決めたのなら、日本の大学と二股を掛けず留学にしっかり焦点を合わせるようにとアドバイスをしました。

　言葉の壁も考えてのことでしょう。建築で必要になるであろう物理学や数学を教えていました。夫は軽率な自分の言葉を自身の問題と受け止め、思いを分離して子供の意志を尊重し、約束を守りました。そして息子がこのことを知ったのはつい最近のことで、私が話しました。とても驚いた様子でしたが、何を感じたでしょうか。

　息子の長所の一つは能天気なところです。留学に際しても「英語は苦手な科目なのによく行く気になったね」と聞くと「皆がやってるんだから僕にもできるでしょう」と。そして行くと決まったら、それまでとは打って変わり、ト

イレにも紙が貼りめぐらされ、ひたすら英語の勉強に励みました。真っすぐ目標を見据え、見事に迷いがないのです。これは強みです。

　それまでの英語力がどれほどのものであったかというと、担任の先生から「英語で躓いて帰ってくるじゃないかと職員室で話しているんですよ」と軽く言われる始末。先生、それ母親に言います？と、内心思いながら動じない私も相当な能天気。しかしこの確信は息子が持たせてくれたものです。

　ミニカーを組み立て走らせるのが流行った頃。4〜5年生でしたが、最後に化粧のシールを貼っていた時のことです。不器用な息子は、「失敗した」「失敗した」「又失敗した」と延々、貼ったり、剝がしたり。挙げ句、「いつになったら成功するんだ！」。ああ、成功するまでやり続けることがはっきりしているんだなと思いました。

　それまでは普通でいいとガツガツ勉強することもなく、放課後は部活のバスケットボール（中学）やサッカー（高校）三昧の日々。可もなく不可もなく穏やかな人生を送るのだろうと思っていました。

　ところが留学することが決まり、自分の好きなことに向かった息子は、車に熱中していた幼児の頃そのものです。

　こだわりの強い性格は、学期の半分を学校で寝泊まりし、家にはシャワーと着替えに帰るという生活に表れます。住

まいは学校から歩いて、高々10分の所です。「ソファーで寝るの？」と聞いたら床で寝ているといいます。正解がない世界では、時間がいくらあっても足りないことは重々承知していますが……。

そして評価されるにつれ、それまでとは違う一面を覗かせました。ここにきて比較競争の意識が芽生え、それに連動して気持ちが up down するのです。熟々人は、環境によっていろんな顔を見せるものだと思います

親にできること

夏にメキシコでインフルエンザが流行し、空港での入国審査が厳しかった年のこと。息子は熱を出しましたが、幸い心配したインフルエンザではありませんでした。薬を飲み、普段通りに無茶な生活をしていたようです。熱の下がろうはずがありません。「これ以上熱が下がらないようなら入院してもらいます」と通告されました。

切羽詰まった声で、
「お母さん、学校を辞めさせられるかもしれない！」
「は〜っ？」
学期末試験と課題のプレゼンテーションを控えて、混乱しきっていました。留学生は決められた最低単位を取れないと容赦なく退学です。一緒に浮き足立っている場合ではありません。

「気持ちは分かるけれど、状況が状況だから情状酌量の余地はあるでしょう？」

　それまでに成績優秀者として評価を受け続けています。無下に追い出されはしないでしょう。落ち着かせて電話を切りました。

　入院はせずに済みましたが、それはそれで大変なことで、誕生以来一番の試練だったはずです。それを証明するかのように、この遣り取りが彼の記憶から飛んでいるのです。

　次の山は３年生の中頃にやってきました。進路変更を考えだしたのです。「お母さん、こんな生活が一生続くのかと思うと耐えられない。家庭を大切にしたいし、趣味もやりたいし」とのこと。

　他の専攻は４年で卒業ですが、建築科は５年です。４年で卒業するには３年生の終わりが決断のタイムリミット。半年かけて自分と向き合い、夏休みにオープンデスクにも行って決めると言います。此の期に及んで私の出番はありません。「分かりました」と受け入れるだけです。

　その１カ月後、車を買いたいと言ってきました。以前、友達とシェアして車を持ちたいと提案されていました。理由は、模型を作るための材料の買い出しに必要だということです。それまでは友人に頼み、車を出してもらっていました。学年が進めば、それも頻繁になります。

「建築をやらないんだったら必要ないでしょう？」

「あれは気の迷いでした。それに建築は趣味みたいなものだし」

　何とも拍子抜けする幕切れでした。道半ばで息切れし、迷走したこの出来事は、タイミングが良かったと思います。

　改めて自身に向き合い、問い直すことで、その後まっしぐらに突き進むことができたはずです。「迷い」の大切な役割です。

　そしてもう１つ重要なのは、思ったことを軽く口に出せること。加えて否定せずに受け入れてもらえることです。

　ここでも私の体験があります。息子が小学１年生の夏休みに親子デーで家に帰って来た日のことです。私は疲れきっていました。我が家には夫の母と弟も集まっており、少々休んでも夕食の仕度ができる気力はなく、夫にこのことを話しました。すると軽く、「外に食べに行けばいいじゃないか」と言ってくれました。ホッとした途端に肩の力が抜け、私は夕食の仕度を始めました。食べるばかりの食卓を見て、夫が驚いたのは言うまでもありません。

　この時、「重い思い」を口にすることの効用を体感しました。口は幸せの元でもあります。

　その後も、息子は混乱すると電話をくれました。一つにはアメリカで何か事が起これば親が知らないでは済まされないという状況もあったでしょう。浮き足立っている息子

に「思い煩って問題解決するんだったら、世の中皆平和だよね」と一言。すると息子はハッとしたようです。私はいつものパターンで瞬間的に反応して軽く事実を言っただけです。深く考え、示唆しようという意図はありませんでした。それでも足に重しを着け、地に足を付かせる役割は果たせたようです。

　考えた挙げ句に行き詰まった時は、具体的な問いかけをしてくるでしょうし、私が出るまでもなく、周りの人と解決する力は持っているはずです。私は精神安定剤という役回りでしょうか。

　極め付きは卒業間近のこと。
「お母さん、卒業できないかもしれない！」。卒業制作が難航しているようです。
「そんなことはないでしょう。春はだめでも冬には卒業できるでしょう」と私。
　息子の中では春以外の選択肢はないのです。そして先生のアドバイスに立ち尽し、パニクッているのです。ここに来て、又か！
「全部捨てなさい」。けれど、もはやゼロスタートする時間は無いと言います。電話のこちら側で、私には具体的なことは何も見えていません。
「それじゃ、最低限必要なものは残して捨てられるものは全部捨てなさい」

無茶苦茶なアドバイスです。しかしこだわりを一旦手離し、視点を変えることは問題解決の常套手段でしょう。

　時間切れで、本人としては納得のいくものにはならなかったようですが、これも貴重な経験です。そして、予定通り卒業することができました。それまでの努力も評価され、首席というおまけも付きました。Congratulations!!

　それ以上に嬉しかったのが、この年新たに設けられた賞です。建築学部の全ての先生が学科（建築・インテリア・ランドスケイプ）の垣根を超えて、その年一番良かったと思う生徒に１票を投じるというもので、卒業式の発表時まで誰が選ばれたか先生方も知らないという意表を突くものです。息子はこの賞をいただいたのです。surprised!!

　何かの折に「全部の先生と仲良しだよ」と然りげ無く言っていましたが、この一言は、いかに熱心に学び、向き合ってきたかを端的に表していると思います。
「普通」信奉者の息子は、高校までは鳴かず飛ばずで特に目立つこともありませんでした。それが飛びっ切り大きなキャンバスを用意し、大好きなものを描くことで、思いも掛け無いほど素敵に開花しました。

　だからこそでしょう、「若い時にもっと勉強しておけばよかった」と言うのです。若い時って、息子はまだ20歳を過ぎたばかりの頃の発言です。後悔も頑張りの後押しをしているかもしれません。高校までの画一的な学びの世界と、自発的に学ぶ世界の大きな違いを感じます。

ふりがな お名前			明治　大正 昭和　平成	年生　歳
ふりがな ご住所	□□□-□□□□			性別 男・女
お電話 番　号	（書籍ご注文の際に必要です）		ご職業	
E-mail				

ご購読雑誌（複数可）	ご購読新聞
	新聞

最近読んでおもしろかった本や今後、とりあげてほしいテーマをお教えください。

ご自分の研究成果や経験、お考え等を出版してみたいというお気持ちはありますか。

ある　　　　ない　　　　内容・テーマ（　　　　　　　　　　　　　　　　　　　）

現在完成した作品をお持ちですか。

ある　　　　ない　　　　ジャンル・原稿量（

書　名							
お買上 書　店	都道 府県	市区 郡	書店名				書店
			ご購入日	年	月		日

本書をどこでお知りになりましたか?
　1.書店店頭　2.知人にすすめられて　3.インターネット(サイト名　　　　　　　)
　4.DMハガキ　5.広告、記事を見て(新聞、雑誌名　　　　　　　　　　　　　　　)

上の質問に関連して、ご購入の決め手となったのは?
　1.タイトル　2.著者　3.内容　4.カバーデザイン　5.帯
　その他ご自由にお書きください。
　(　　　　　　　　　　　　　　　　　　　　　　　　　　　　　　　　　　　　)

本書についてのご意見、ご感想をお聞かせください。
①内容について

②カバー、タイトル、帯について

弊社Webサイトからもご意見、ご感想をお寄せいただけます。

ご協力ありがとうございました。
※お寄せいただいたご意見、ご感想は新聞広告等で匿名にて使わせていただくことがあります。
※お客様の個人情報は、小社からの連絡のみに使用します。社外に提供することは一切ありません。

■書籍のご注文は、お近くの書店または、ブックサービス(☎0120-29-9625)、
**　セブンネットショッピング(http://7net.omni7.jp/)にお申し込み下さい。**

旅の先に

　息子は幼年部・初等部の7年間を村社会で、大勢の大人達に見守られて過ごします。ここで人との係りをもう一回り拡大するべく、六年生のとき一人旅に出しました。

　「お母さん一緒に行こう」と息子は私を誘いますが、ここで折れるわけにはいきません。

　観念して、1人で出発しました。列車に乗り込むと早速に隣のおばさんが声を掛けてくださいました。順調な滑り出しです。始め良ければといきたいところですが、そうは問屋が卸しません。案の定、途中でチケットをどこに入れたか分からなくなり、新たに買い直すという出来事がありました。新幹線に乗り込み落ち着いて捜したら出てきて「お母さん実は……」と電話がきました。「駅に着いたら精算所で払い戻してもらえばいいよ」と伝えました。帰ってきてから続きが。「戻ってきたお金が少なかった」「それは手数料を差し引かれたんだよ」。その時、その場で聞けるようになったらいいのにと思いました。そうすれば思いっきり、もっと楽しめたでしょうに。残念。

　けれど、ただ受け取らず確認しているところは、good!

　これらのことが如何結実したかというと、それは私達の想像を遥かに超えたものでした。

留学した息子は、寄り道せずに日米を往復していました。せっかくだからいろいろな所を見て回ればいいのにと思っていましたが、それだけの余裕がないほど学業に集中していたのでしょう。大学院に進み、初めてヨーロッパへ。

　イタリアからフランスへ行きました。ここでも大勢の人の親切に触れたようです。

　帰国した息子は真っ先に、「借りたお金を返さなくては」と韓国へウォンで送金しました。途中でユーロが尽きたようです。学校の友人なのかと思いきや、旅先で会った人だそうです。留学生同士で相身互いということかと思いましたが、そうでもなさそうです。

　相手の子は英語があまり上手ではなかったということやウォンでの返済からすると、単なる旅行者の可能性大です。借りる方が藁にも縋る思いなのは分かりますが、貸す方が行きずりの人間によくぞ貸してくれたものだと思います。

　ここでも問題に直面し、行き詰まって顕在化した「生きる力」です。人を信じられるだけでなく、人から信じてもらえる人に育ってくれたことに心底ほっとしました。親の思い描いた青写真によくぞここまでと安堵の胸をなで下ろすと共に、この先も自身に正直に伸び伸びと生きてくれればと念じるばかりです。

　ここまでくれば、地球上たいがいの所で生きていけるでしょう。世界中を冒険旅行する若者達の話を遠い出来事のように聞いていましたが、今では身近に感じられます。

第2章

私を形成したもの

禍を転じて

　ここで私自身について記したいと思います。

　幼児園に入って２カ月目に湿疹が出ました。顔から始まり全身に広がって、予防接種をする場所が足の裏くらいしかなかったといいます。母は神頼み以外は、いいと言われることをいろいろやってくれました。その甲斐があって、小学校に入学する頃は頭部だけになりました。とはいえ、顔は目鼻口を除いて白塗り、頭は包帯でぐるぐる白覆面です。「もう髪の毛が生えてこないんじゃないか。女の子なのに」と親の心配は察するに余り有ります。

　そんな私が春の麗らかなある日、母と祖母に両手を引かれ歩いていました。舗装された今の道とは違い砂利道です。転ぶ心配もなく、２人にぶら下がって足元の石塊を楽しんでいたのですが、頭上に２人の会話が聞こえてきました。「この子は恥ずかしくて俯いて歩いているのね」（エッ‼）

　この時、人は他人が何を考えているか分からないんだと知りました。とても鮮明な記憶として残っていましたが、この出来事が私の生き方の芯になっていたんだと気付いたのはずっと後になってのことです。

　御蔭で私は誤解されても動揺することはほとんどなく、心外な言葉も"あなたはそう感じたのね"と人の思いと事実を分離して聞くことができました。

楽に生きるための一粒がここで蒔かれたのです。

　大人にとっては心痛の種でしかなかった湿疹も私にとってはありがたいものだったと思えます。そして感謝したいのは、かわいそうな子だという刷り込みをされなかったことです。もし〝自分はかわいそうな子なんだ〟と思っていたら、私のその後の生き方は大きく違ったかもしれません。何が人を形作るかは全く予測不能です。

母の姿

　戦後男女平等が謳われ、女性に選挙権が与えられました。学校も共学になりましたが社会全体は男性中心。その後ウーマンリブが叫ばれ、1986年には男女雇用機会均等法ができました。男性の育休も意識され始め、保育所の不足が大きな問題となる昨今です。長い時間をかけて社会の意識と実体が近づいてきたことを感じます。

　こういう時代の流れの中で、ことさら声を上げることもなく働き続け、女性の地位向上を体現してきた人は大勢います。私の母もその一人です。働き始めたのは私が小学校入学直前で、必要に迫られてのことでした。仕事は陶器店の一店員。当初は、専業主婦が羨ましかったはずです。しかし、その後「自らの意志・生き方」として働くことを選びました。

　着々と実績を積み、信頼を得ていった母は経理事務を任

されます。商工会議所から優良職員として表彰され、お礼の言葉を述べるという大役まで仰せ付かりました。その頃の停年は55歳でしたが、「今、辞めるんだったら退職金は出さない」と嬉しい脅しをかけられます。女性の自立を自覚し、70歳まで働いた誇らしい母です。それは全面的に子供を委ねられる祖母の存在があってのことでした。

当時の母はストレスが多かったようで、胃が痛み、癌じゃないかと検査を受けることも度々でした。そんな状況に加え、私は一人っ子です。早い時期から自立して生きることを意識付けられました。遠からず、「みなしごハッチ」になって、どこかで野垂れ死にするのねと、子供心に覚悟していたのです。

これは同時に、見ず知らずの人のお世話になるという自覚でもありました。実際、学生時代に友人の両親を「東京のお父さん、お母さん」として遠慮気兼ねのない間柄を築けたのは、こんな下地があってのことだと思います。

夢の変遷

小学４年生の時に「将来なりたい職業は？」と先生に訊ねられ、同級生がバスの運転手、看護婦さんなどと答えるのを聞いて、何も考えていない自分に戸惑いました。

私が初めてなりたいと意識した職業は画家でした。６年生の夏で、それまでも度々渡り廊下に張り出されていまし

たが、町内の写生会に参加した時、隣に住む同級生のお父さんにすごく褒められてのことです。これを知った母と祖母に、「隣の小父さんを見てごらんなさい。小母さんが洋裁をして家計を支えているでしょう」と現実を突き付けられ、即日私の夢は潰されてしまいました。何しろ説得力が有り過ぎます。

その場でグラフィックデザイナーに進路変更しました。その後、中3でインダストリアルデザイン、高校生になって建築と、大いに夢の翼を広げ、成長と共に規模が大きくなっていきました。

最終的には、真逆無形の数学を選択し、一段と石頭に拍車が掛かります。御蔭で、一般的には理解されにくいのですが、先入観に縛られない、より自由な視点を手に入れることができました。めでたし、めでたし。

内（絵）から外（音楽）へ

大学生になって美術部に入ろうと考えていた私は、地下の防火扉の前で立ち尽していました。そこへやって来た先輩に美術部の部室へ連れていってもらいましたが、誰もいません。「うちの部室で休んでいったら」と行った先は合唱部でした。

そもそも女性が少ない学校。来る人、来る人から勧誘されました。結果、入部するのですが、それは最初に声を掛

けてくれた先輩の魅力に引かれたからです。その後姉妹の
ような関係になり、現在まで家族ぐるみのお付き合いです。
私の意志を知る彼女は入部を勧めることはありませんでし
た。部室へ誘ったのは、この子は放っておいたら危ないと
思ったからとのこと。見る目があります。

　同じ頃、本屋でドイツ語の辞書を買い、夢膨らませなが
ら学校へ向かっていました。そこへ２人の婦警さんから声
を掛けられます。質問に必要最小限答えました。最後に学
生証を見せると「失礼しました。あまりお若く見えたもの
で」と言われましたが、言いようですね〜。家出少女と間
違われました。途中で気付きながら私も人が悪い。

　人の出会いは不思議です。何が幸いするか分かりません。
そして自発的な意志が何ほどのものをもたらすのか。
　合唱部に入ったことは自分の弱点と向き合う切っ掛けに
なりました。食べることも話すことも遅い私は相槌を打っ
て聞いている分には問題ありませんが、会話に割って入る
のは大変です。ボイストレーナーは芸大の大学院生の方で
した。この人の魅力の源は声楽にあるのでは、と20歳で声
楽を始めました。
　目的は、「人並みに会話ができるようになる」です。無
口な私はとにかくとろかったのです。学び始めると、たち
まちミイラ取りがミイラになってしまいました。新しい課
題を頂くたびに預金が貯まるようで嬉しかったのです。が、

声楽の技術の方は……。

「感情欠乏症」と言われれば、その通りでございます。「涸れた井戸だ」と言われた日には、先生そこまで言いますか？こんな具合で、先生は容赦がありません。それだけ指導することに一所懸命なのです。ここでは私の動じない安定した性格は裏目に出ました。

　一方、ここで、下手・不器用ゆえの気付きがありました。何人かの先生に師事しましたが、勘がいい人・器用な人が良い先生になるとは限らないこと。そして良い先生は、次までに何をすればいいかを的確に示せる人だと思いました。つまり曖昧・抽象的な表現ではなく、具体的・明解な表現ができる人です。これは子育てにも通じます。

　お母さん方は子供に「早くしなさい」と何気無く言いますが1回で済むことはないようです。何回も言い、そのたびに語調が強くなっていきます。これを繰り返していると子供は言われてもすぐには動かない。

　お母さんの口調がここまできたら、そろそろ動かなきゃまずいぞと子供が主導権を握る逆転が生じます。こんな迷路に入ると出口はありません。無駄にエネルギーを費やすだけです。「早く」と一口に言っても十人十色の「早く」があります。具体的に分からない「あなたの早く」を強要されても、「??」。それで子供達は我が道を行くのでしょう。

　私はその時々の「時間に合わせなさい」と伝え、あとは

子供に任せました。間に合わなければ遅刻をするか、留守番をするかですが、次には少し考えて動くでしょう。子供が遅刻をしても私が困るわけではありませんし、それこそ「あなたのためだから」とただ見ているだけです。内心はらはらしていることは確かですが。

　三十路を過ぎた私に、心有る人達が声を掛けて下さいます。「お見合い相手はどんな人がいい？」と聞かれて「声の悪い人は遠慮したいです。それとご飯を作れる人」。

　あくまでも具体的に、そしてこれは私の最低条件です。あとはお目に掛かってのお楽しみ。計らずも夫は、「男の自立は口を賄えることだ」という考えの人でした。これが産後大いに幸いしたのは前述した通りです。

　結婚前は、自分の行動半径を確保するため、とどこまでも自己中心でしたが、結婚生活を通して自立した人間同士で支え合うことの意義を改めて考えることになりました。「きれい」「やさしい」という抽象的・主観的な表現では、広がりを期待できません。具体的な言葉にすることは、誤解を回避するだけでなく思考にも繋がります。

　途中何度か中断しながらも声楽を学び続けていました。実家に戻り、再開したときに転機が訪れます。もったいないと先生は県の芸術祭の一環である音楽会に発表の場を用意してくださいました。生まれて初めて人前に立つのが仲間内の発表会ではなく、こんな公の場ですか？

それまでに教わったことをひたすら思い返し、満を持して臨みました。この時、歌を始めた目的に気付きました。何年も意識の彼方にあったものが降りてきたのです。「継続は力なり」と言いますが、続けてきた結果です。それに加えて適切な場（要素）も必要だと知りました。何年続けても人前に出なければ、この気付きはなかったでしょう。そして人一倍の不器用がここまで忍耐強く継続してこられた全ての源は、自発性とマイペースでした。

社会参加の仕方

　私には大きな影響を受けた叔父がいます。定職にも就かず、何を考えているのか考えていないのかも分からない私に、「いろいろな人の御蔭でここまで大きくなったのだから社会にお返しをしなさい」と言ってくれました。この一言で具体的に何かをしたわけではありませんが、意識は大きく変わりました。

　傍から見ると自由奔放に生きていた私ですが、それは「両親が共に健在なうちは」と決めてのことでした。突然に父が亡くなり、故郷に戻りますが、折しもオイルショック直後で、就職難の時代。家庭教師でもとデモシカ先生になりました。これも後の子育てに大いに役立ちました。

　少子化の現代、知識偏重の子育て。街の一角が不自然に明るくなったなと目を向けると、判で押したように塾に変

わっています。私が学生の頃は、大学受験に失敗した浪人生のためのものでした。

　兄弟姉妹が多い時代は、これだけ子供がいれば１人ぐらい出来の悪い子がいるさと親も大らかだったようです。この視点を社会に広げてみたらどうなるでしょう。我が子の出来が悪くても他の子供達が立派に育っていれば、この子らが作る社会で私の老後は安泰。逆にいくら出来が良くても１人２人だけが頼りの暮らしは限りなく不安です。

　ところで、自立した女性として生きてほしいという親の思いとは裏腹に鬼っ子（両親に似ていない）の私は、専業主婦の道を進みました。今度はデモシカ主婦ではありません。まずは自分の子を育てますが、自分の子だけを育てているつもりはありませんし、我が子も多くの人に育ててもらいました。

　専業主婦は社会参加している実感を得にくいと思いますが本当はどうでしょうか。子供を育てて社会に送り出す。この子供達次第で社会の行く末も変わります。昔から「三つ子の魂百まで」といいますが、生まれた瞬間から親は子供を染脳し続けるわけで、立派な社会参加でしょう。核家族、かつ専業主婦となれば母親の影響は計り知れません。社会意識と子育てプロ意識に溢れた主婦が増えるといいなと思います。

　家庭教師をしていた時、息抜きのためにたわい無いお喋りを挟んでいましたが、後にこの会話が多大な影響を与え

ていたことを知りました。事程左様に人の暮らしはどこを切り取っても社会と繋がっていますから、四面楚歌ならぬ四面社会。

「"何げない日常の一言一言が社会を作っている"この認識を持って人と触れ合い、お返しとする」。これが叔父への私の回答です。

家庭教師の体験

大人と子供の一番の違いは、子供は額面通りだということです。石頭の私は、世間体や都合などには全くおかまいなしで直球を投げまくり、これが結果的に幸いしました。

小学生のT子ちゃんとN子ちゃんはお隣同士です。呉服店と宝飾店で、どちらもお母さんが働いています。最初は、一人っ子のT子ちゃん（小学2年生）の遊び相手になってほしいと依頼を受けました。一緒に宿題をしたり、散歩に行った先の公園で草むしり、その根っこを観察をしてというふうです。

この様子に「私も」とN子ちゃん。学年は1つ上で、両親は学習面を見てもらいたいという希望でした。まだ小学3年生。見たいテレビ番組についついスイッチを入れてしまうのです。そこで「私と一緒の時はテレビを見ないこと。私と共に学ぶかどうかは自分で決めなさい」と伝え、帰ってきました。周りの全ての人達から「絶対にその子は、止

めるよ」と言われましたが、中学生までお付き合いすることになりました。

　又、生意気盛りの中学２年生の男の子。若い女の先生（微妙）を困らせたくてうずうずしています。「先生は教える義務があるんでしょ？」と鬼の首でも取ったように聞いてきます。「そうだよ。私には教える義務があって、あなたには学ぶ権利がある。でも権利を放棄した人に教える義務はないよ」と言いました。以後おとなしく学ぶことになります。

　とても行儀の悪い彼には、もう１つエピソードがあります。いつの間にか膝が立ち、上体は横に傾き、挙げ句頬杖を付き……という具合。「そんな姿勢になったらこれ（30cmの物差し）が飛ぶよ」と宣告しました。姿勢が崩れた瞬間、反射的に膝へピシャリ！　あまりに素早い反応に私自身がビックリ。彼も「しまった！」という顔でした。ここで終わらないのが面白いところです。今度は私の反応を試すように、顔を窺いながら体勢を崩すのです。その手には乗りません。大らかな時代でした。今だったら暴力教師で即お払い箱になるところでしょう。

　先輩から紹介されたその女子生徒には毎回形ばかりの宿題を出しました。数学が苦手・嫌いな生徒にとっては堪ったものではありません。まして自分の意志で始めた学習でもありません。宿題をやってなくても、「そうよね」と気

にしもしない私です。これが彼女の抵抗だったと分かるのは１カ月後のこと。

「いくら無視しても叱られない。変だ。何かが違う」そして１カ月後、宿題がやってありました。しかも、こんな時は完璧にやってあるのです。本当に嬉しい驚きです。信頼関係が築けた瞬間でもありました。

　友人の甥を頼まれた時は、もっとドラマチックでした。中３になる少し前のことです。様子を見ていると、掛け算の九九にも綻びがあるようです。一般的には中１の内容からスタートするところですが、ずっと遡って、小３からやりましょう。幸いなことに彼には小６の弟と小４の妹がいて、小学校の教科書は全て揃っています。友人は「そんな馬鹿な！」と絶句してしまいましたが"急がば回れ"です。

　中学生にとって、小学生の教科書は何てことありません。自分で穴を見つけ埋めていく作業です。私の力なぞ、ほぼいりません。夏休みを迎え、ようやく中学のスタートラインに立とうという時に、彼は夏風邪を引きます。高熱で階段から転げ落ち、縁側のガラス戸に激突するというアクシデントが起こりました。「ばあちゃん、長生きしてね」熱に浮かされながら彼は死を覚悟したようです。当分は療養生活です。夏休みも終わろうかという頃、ようやく完治し、最初に会った日のことは忘れられません。

　高校受験のために学校から与えられた問題集の１章目がパーフェクトに解かれていました。普通は３時間ほどでや

るところを、丸1日掛かったということで「見直しもちゃんとした」と自信に溢れていました。その日は自転車で私の家に来てくれたのですが、途中でスピード違反取り締まりのレーダーに引っ掛かってしまいました。一刻も早く見せたかったのでしょう。

　こうして自ら学ぶことを身につけた彼に対し、私の出番はほとんどなく、「先生、これ読んでて」と彼の愛読書『マーガレット』（週刊少女マンガ誌）を手渡され、読み耽っていました。これでは月謝泥棒です。

　無事高校に合格した時、御祖母さんから思いもよらない話を聞かされました。彼は複雑な家庭の事情に心を痛め、勉学に身が入らず、授業にもついていけなくなったようでした。心の捌け口がなく、学校での振舞は先生も手を焼き、目に余るものだったそうです。それがピタリとやんだということでした。出口を見つけ、他の教科にも懸命に取り組んだようで、とても感謝されました。そして先の発熱は遅ればせながらの"知恵熱"ということになりました。

　いろいろと見てきて思うのは、たとえ今数学の成績が悪くても、身の回りの理不尽さなどに悶々としながらも考える習慣がある子は数学を好きになるということです。理に沿って納得のいく結論に辿り着けるのは、彼らにとっては快感なのかもしれません。そして、ちょっとした糸口を手にすれば、自身でどんどん手繰り寄せてくれます。逆に親

から見て素直で「ハイ」という良い子には伸びしろが小さい場合が少なくないように思います。

　私の従弟の一人は中学の３年間、夏休みを我が家で過ごしていました。無口で、聞かれたことに首を縦横に振り、大きな目を動かして応答。小さい時からボディ・ランゲージで友達と仲良く遊ぶという特異な才能の持主です。

　３年生の夏は、受験のための課題をたくさん抱えてやって来ました。エアコンのない時代、湿度の高い盛夏です。ボーッとなり、睡魔におそわれるのも致し方ないといえばそれまで。声掛けで目が覚めるとは思えません。そこで風呂場へ連れていき、問答無用。湯船の水を頭からザブッ！と掛けました。彼の目が大きく見開いたことは言うまでもありません。効果抜群。私の乱暴な振舞に母は固唾を呑んでいます。こんなことがあっても「帰る」とは言いませんでした。そのうえ両親にも話さなかったのです。

　彼は高校へ提出する書類の〝好きな科目〟の欄に〝数学〟と書き込みました。叔母が「数学の成績は悪いのに」と言ったところ、「『好き』と『できる、できない』は関係ないでしょう」と返したそうです。天晴れ！　私は数学の本質に触れ、好きになってほしいのです。

　次の段階が〝好きこそ物の上手なれ〟です。たとえ〝下手の横好き〟でも、当人にとっては幸せなはずです。

最初が肝心

　家庭教師の体験から得たもう１つの教訓は、最初が肝心ということです。私は先走って教えることはしません。それは、学校で学ぶワクワク感がなくなるからです。しかし、例外があります。それは新しい概念を学ぶところで、とても混乱を来す箇所です。初めに曖昧な説明をして、迷わせると修正するのがとても大変になります。
「あの先生、あんな教え方じゃ皆分からんわ」
　これは、その半年前に学校の先生から家庭教師を付けてくださいと言われた先の女生徒の言葉です。私は驚きで目が点になりました。

　これが子育てとどう繋がるの？　この先は私の失敗談です。
　伯父が手術を受けることになって、叔父・叔母達が我が家に集まっていました。食事を終え、デザートの苺を出した時のこと、大人は４個、子供は２個。ここで息子から不公平だと泣きのクレームが入りました。通常ならば気が済むまで泣かすところですが、この場の状況に配慮し、半分に切った苺を伏せ、４個に見せました。ごまかされて息子は泣きやみます。叔父達は、「お母さんの勝ち」と言って、私のことを賢いお母さんと褒めてくれましたが、内心穏や

かではありません。

　案の定、それから３カ月後に付けが回ってきました。遅めのおやつは餡パンでした。大人は１個、子供は半分。当然のようにクレームがつきました。今度は思いが切れるまで泣いてもらいましょう。そして40分の間泣き続けました。"子育てに親の都合はありません"というのは私の信条ですが、最初に大人の都合を優先した結果、親子共々不要に高いハードルを越える羽目になりました。宿舎住まいで、どこの子が泣いているのか丸分かり。ご近所さんも気が気ではないでしょう。「一時のことです。すみません」と心の内で手を合わせていました。

　経験則の子供に「例外」という概念は通用しませんから、最初に対処していれば、ここまで頑固に泣かせることはなかったでしょう。これは２歳の誕生日前後の出来事。それにしても数量共に多い、少ないとよく分かっているじゃないの。失敗に伴うおまけもありがたく頂戴致します。

　成功例としては、こちらも食に関してです。子供が最初に持つのはスプーンが一般的ですが、私はフォークを持たせました。理由は、スプーンのように水平に構える必要がなく、最初から正しい持ち方が可能なこと。零す心配がなく、突き差すだけで食べる満足感が得られます。最初は苺やバナナなど柔らかいものから始め、順次林檎のように硬いものへ。フォークで硬いものを刺せるくらい手首がしっかりしてくると、スプーンを水平に持つことができます。

煮しめの人参や大根も一口大に切っておきました。御蔭で口の周りも前掛けもひどく汚すことはありませんでした。そして、すんなりスプーンへ、そのまま箸へと移行しました。

　数学を媒体に子供達と交流してきましたが、子供の可能性は限りないと思い知らされることの連続でした。早々と「あの子はこんな子だ」と決め付けたり、見切ったりするのはとんでもないことです。まして、子供に「どうせ自分は……」と劣等感を抱かせるのは、なんと罪深いことでしょう。

　そして大人になり切れていないせいか、私にはまだ可能性が残っているようです。幸運な偶然と家族の理解を得て、インテリア・コーディネートを学ぶ機会に恵まれました。昔の夢に急接近です。同年代の人達がリタイアする中、キャリアウーマン・デビューしようという暴挙。
　人はその年齢にならないと分からないこと、見えてこないことがあります。これから増々進む高齢化社会。たくさんのお仲間が豊かに快適に暮らせるように、代弁者としての一役を担えたらいいなと思います。
　新たな社会参加です。「何でもあり」ですね。

第3章

試行錯誤の日々

知育のはじまり

　胎教がいわれるように育児は胎児のときから。一般には話しかけると思いますが、私は思いを込めて歌を歌っていました。歌声の振動は体全体に響きます。息子に気持ちがより強く直に伝わったのではと思います。胎児の頃の親孝行ぶりは半端ではありませんでしたから。そして夫も仕事をセーブしながら私に付き合ってくれ、神経を逆なでしないようにと気遣いをしてくれました。随分我慢したこともあったのではないかと思います。

　子供が生まれるまでは五体満足であってくれることだけを願じていても、無事に誕生すると次の段階に進まねばなりません。

　知育に際して意識したのは脳のシナプスを伸ばすことです。簡単に言えば脳に刺激を与えます。

　産院の新生児が寝ている部屋では心安らぐクラシック音楽が流れていました。生まれて間もない頃、視力が弱いときにはベッド脇のコントラストの強い縞柄に興味を示し、そちらばかり見ていました。成長に応じた関心の対象があるようです。

　聴覚は、子供用に編集された音楽を流しました。これはなぜか夫が所持していたものです。リズムのはっきりした

曲『ペルシャの市場にて』が始まると息子を抱いてステップを踏み、振り回していました。そのせいか、幼稚園でのお遊戯を見ると、リズム感がいいのです。音を聞いてから動きだす子が多い中、息子は音を先取りして踊ります。音楽を演奏する時と踊る時ではリズムの捉え方が微妙に違いますが、すでに体で感じているようです。

　寝返りを打てるようになり、仰向けに寝るようになった頃のことです。腱鞘炎の私は、子供を抱いてあやすことはできません。ほとんどの時間を横になっていて退屈だろうと思い、ベッドの柵に紐を左右に渡し、持ち手の先に丸く穴の空いたスプーンを何本かぶら下げました。触ると音が鳴り、触感も刺激されて楽しいでしょう。紐の位置によって足でも手でも遊べます。これは腱鞘炎になった故の工夫。腱鞘炎から息子への贈物です。

　成長と共に用意するものも変わってきます。知育玩具もたくさん販売されていますが、購入基準は、「私自身が夢中になって遊べるかどうか」です。高くて買い控え、その後製造中止になって、あの時買っておけばと未だ悔やまれるものもありました。子供が成長した現在、私は今も密かに楽しんでいます。もう少し年を重ねると、出番も一段と増えるはず。最後のお役目は呆け予防となるはずです。こんなふうで、成長過程に必要で一時的なものとして買った

本や玩具はほんの少しでした。

　しかし、物に頼らず、子供は日々様々に学習しています。ある日、テーブルの上にインスタントコーヒーを散蒔（ばらま）いてしまいました。掴まり立ちしていた息子はそれを口に入れ、悲惨な状態です。これは大人だって堪ったものではありません。それ以後、茶色いものは口にしなくなりました。御蔭で母と私はその後長い間、罪悪感なくチョコレートや茶饅頭を目の前で食べることができました。

　更に成長すると将来を見据えて文字を利用しました。薔薇、箪笥、椅子などの文字をボール紙に大きく書いたカードを作り、目に付く所に立て掛けておきました。馴染んだ頃を見計らってカードを見せ、パッパッと読みます。素早くやるのは次々と変化すると集中せざるを得ないからです。これを何日か続けたら、次は自分で読んだりカルタのように取って楽しみます。子供の方から「お母さん、漢字カードしよう」と誘われ、付き合わされることもしばしばでした。画数の多い文字を使う根拠は、子供達に「九」「鳥」「鳩」の３文字を見せると「鳩」を一番認知しやすいことです。絵や記号を見る感じ。又、小学校での学習を邪魔しないようにという配慮もあります。

　字を覚えたり書けたりすることが目的ではないので、忘れても一向に差し支えありません。それでも、学校で学ぶときにはスムーズに入っていけるでしょう。

考える力

　次に私が重視したのは「考える力」です。人は問題に直面すると考えざるを得ません。加えて、「なぜ？」「どうして？」と疑問が生じた時です。そして「なぜ？　どうして？」は、感じてこそです。「感じる」のは、ゆったりとリラックスして気持ちが外に開かれているときで、「集中」とは真逆の状態。そして、人の目や思惑を気にしている時も無理でしょう。

「感じる」ことを重視するのにはもう１つ、私自身の経験に基づきます。人は体験や知識、情報を元に思考しますが、知識や情報には不確かな要素が付きものです。そして本当はどうかと思考を進める時、自らが体感したことだけは否定しようがないという点に行き当たるのです。肯定せざるを得ない確かなものをたくさん持っていれば、迷いが少なく、判断も速いもの。感じたことをどう解釈するか、それが時間と共に変化するとしてもです。

　子供には自信を持って生きてもらいたい。そのためにはできるだけ多くの体験をし、いろいろと感じ取り「確かなもの」を貯えるのがいいと考えます。

「下手の考え休むに似たり」と祖母によく言われました。「考える」ことも中途半端だと浅知恵で終わり、時間を無

駄にするだけならまだしも、かえって悪い結果を招くこともあるかもしれません。悩ましいところです。私は子供の頃、気になる事に出くわすと、夜、家族が寝静まる中、ぽっかりと目を開け、考えを巡らせるのが習いでした。前頭葉が発達しだす４〜５年生頃からだったと思います。小さい時は経験が浅く、思考のための材料も乏しいので、すぐに堂々巡りするのですが、成長と共にこの輪は大きくなっていきます。成人する頃には出発点まで遠く直線上を進んでいるように感じますが、これは錯覚で、思考を詰め切れていないのだろうと思っています。

　感じるには心のゆとり、考えるには時間のゆとり、大人になると得にくいこれらのゆとり。だからこそ子供時代のゆとりを損なわないようにしたいと思いました。子供時代に「感じる」「考える」ベースが出来ていれば、大人になって窮したときの拠所となるでしょう。

正解は霧の中

「考える」の元は「何で？　知りたい」です。それなので早々と答えを知ると考える行為はストップします。

　私は息子が幼少の頃から「なんで？」と聞かれても答えたことがありません。「どうしてだと思う？」「分かんない」忍耐強くこの応酬。そのうち自分の考えが出てきます。「それから？」「分かんない」しばらくすると、第２の考え。

「それから？」少なくても３つは考えてもらいます。

　当然、とんちんかんなことを言いますが、中に必ず正解があるものです。ここでどれが正しいかジャッジはしません。「そうだね、いろいろ考えられるね」で終了。

　私にとって重要なのは考えられることです。息子自身も一件落着という気持ちでしょうか。正解を言わないのは後々、正解探しに走らせないため。「考える」ことそのものを楽しめるのがいいと思います。

　又、「視点を変える」ことを体感するために私がやった遊びがあります。食事の場でどうかなとも思いますが、かじった食パンが何に見えるか交互に言い合いました。しばらくして180度回転すると、それまでとは違うものが見えてきます。そうこうするうちにもう少し違うところから見たらどうかなと、子供の探求心に火が付くのです。抽象的な遊びは大人も互角に戦えますから、真剣にやりました。

　子供の生きる力が問題となり、先生方も様々な工夫をされているようですが、手っ取り早い方法は小さいときから正解を教えないこと。子供はもともと好奇心が旺盛な存在ですから、任せるのがいいと思います。子供自身が考える。親はそれに付き合うだけ。これがとても楽しませてもらえます。

　時には大きく予想を超えることが起きます。我が家のガ

スストーブは壁に埋め込まれています。囲りには10cm余りの隙間が開いているのですが、「この隙間はなんで？」と息子が切り込んできました。例によって「なんでだと思う？」。勢いよく「電話帳を立てるため！」。お察しの通り、私はここに電話帳を立てていました。「それから？」「分かんない」……「アッ！　壊れた時直すため」。一本！

　程無くしてガスストーブの定期点検がありました。職人さんにこの話をすると「そうなんですよ！　この空間がないと本当に苦労するんですよ」とおっしゃいました。実は私の中では「熱を発するものだから安全のため」でストップ。メンテナンスにまで考えが及んでいませんでした。親の実体が暴露し、この時程下手に答えてこなくてよかったと思ったことはありません。侮るなかれ子供。

　私は社会人になる頃、「子は親を越える」そして「社会が変化、進化する」と考えていました。これは子の立場からの見方です。親になった今、「元来、子は親を超えている。これが成長と共に距離が縮まってくる」と考えます。

　つまらない。「五分五分」これは、私にとっては決して褒め言葉ではありません。再び大きく超えてほしい。そのためには何かを手離す勇気が試されるように思います。もしかして子供の強みは手離すものが無いことでしょうか。だとすると皮肉な話です。

洗脳しない

　世間ではあまり注目されていませんが、私が育児で最も重要視したポイント。それは余計な観念を付けないことです。「こうするのが良い」「こうあるべし」と○×を付けるような表現はしてきませんでした。思い込みは不自由の始まり。親としてそんなことはできません。よく大人が先走って「△△しちゃいけませんよ」と言うと子供がその△△をする場面を目にしますが、これは余計な入れ知恵をしているというものです。

　私にもこれと同様の体験があります。小学校５年生頃のことです。夕飯の食卓の前で私はボーッと考え事をしていました。家族以外にも人が集まっていました。そのとき、「好きなのを取りなさい」と言われました。どれが多いかと見比べていると思われたのです。これが多い少ないと比較し、欲に繋がる最初の体験でした。

　私が「○×」を手離したのは、大学四年生のとき。切っ掛けは就職活動に必要な履歴書の作成でした。長所・短所を書くところで、はたと止まってしまいました。

　自分のことは客観視しにくいものです。友人を巻き込み考えていくうちに「長所と短所は背中合わせだ」ということに行き着きました。一つの特徴がどんな現わしをするか

で、長所ともなり短所ともなる。となれば、「こんな特徴があります」とは書けるけれど、それが長所か短所かは保証できませ～ん。

体験に絡んだ話をもう1つ。アフリカで生まれ育ったその人がロンドンに留学した時のことです。周りの人が、しきりに「孤独だ」というのを聞いて、単に「1人でいるんだ」と思っていたそうです。ロンドンでの滞在が長くなるにつれ、「孤独」の本当の意味が分かったということです。孤独を知る前の生活と、孤独を知った後の生活。どう違ったかをぜひ聞いてみたいところです。

ゲーム、パズル、工夫

保育園の文化祭に手作りのゲームを出しました（図）。9桝のボードと2種類の駒です。交互に駒を置き、縦・横・斜めに先に3駒を並べた方の勝ちというもの。どうせ売れ

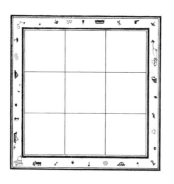

残るだろうと自分で買うつもりでしたが、早々と売れてしまい、もう1組作ることになりました。

ルールは簡単なので2歳の誕生日間近の息子に教えました。最初は指導しながらやっていたのですが、間

もなく互角に渡り合えるようになりました。いくらシンプル、簡単とはいえ、半信半疑での試み。まだ言葉も覚束ない子供にこんな能力があるのかと真底驚きました。

　３歳から幼稚園に入るまでの数カ月はジグソーパズルに填りました。切っ掛けは何かの附録についていた６ピースのものです。これでは物足りないので12ピース、18ピースと増やしていきます。どこまでやれるのかなと私の好奇心に火が付きました。商品には一応対象年齢が表示されていますが、あまり関係はなさそうです。

　わずか半年の間に120ピースクリア。

　私が驚いたのはピースの数ではありません。一般的には外側の方から内側へ、認識しやすい線や絵を頼りに埋めていくと思いますが、息子は大好きな車から始めるのです。ボンネットは単色で面積が広く、一番手掛かりの少ない部分で、大人なら最後に回すところです。それをいとも容易く遣って退けるのです。大人と子供では上下・左右の認識の仕方が違うと聞いたことがありますが、これもその一環でしょうか。

　５歳を過ぎた頃に「梵天の塔」を試みました。ゲームでは「ハノイの塔」として売られています。３本の柱があって、その１本には丸い板が円錐形に積まれています。これを別の柱にそっくり移し換えるというものです。ルールは

ただ1つ。「先に置かれた板より大きな板を上に載せては
いけない」これだけです。

　3枚まではすんなりいきますが、4枚目からは知力と忍
耐力が試されます。5枚で終わりにしましたが上出来です。

　この梵天の塔の起源は古代インドに遡ります。円板は64
枚。この64枚を移し終えた時に、地球が滅亡するといわれ
ました。1秒に1枚移しても58兆年という膨大な時間がか
かります。見た目からは想像もつかないことです。

　おばあちゃんの趣味は編物。繕い物もします。この時の
必需品が鋏です。いろいろな物に紛れて「どこへ行った？」
と捜す様子に息子は手助けをしようと思ったようです。最
初はラップの芯に歯先を差し込んで、ごろんと転がしまし
た。

　見つけやすいけれど使い勝手が悪いと思ったのか、芯を
立て、手で支えています。「ずっとそうしているの？」と
声を掛けると少しずつ工夫し始めました。

　①皿の上に芯を立てる→不安定です。

　②芯の周りに井桁状にカラーペンを置く→今一。

　③皿の上にコップを置き、その中に芯を入れる→う〜ん。

　鋏の安定感も気になるようです。そこで芯に切り込みを
入れました。

　④それでも細身のコップでは→あぶないな〜。

　⑤皿の上にマグカップを置き、その中に芯を入れる→隙

間いっぱいでぐうらぐら。

⑥マグカップと芯の間にカラーペンを4カ所差し込む→完成！

おばあちゃんも幸せそうです。

幼稚園年中の冬休み、サンタさんは車を作る特別なパーツが入ったレゴをプレゼントしてくれました。目が覚めた息子はすぐにこれで遊び始め、遊び詰めです。大人だったら途中で大きく息をつき、伸びをしながらというところですが、そんな素振りも見せません。昼が過ぎ、日が傾く頃、肩で大きく息をしながらもまだ熱中しています。酸欠状態かもしれません。おつむは大丈夫かしら。ここまで根を詰めるか、わずか五歳の子供。集中力は申し分なし。

集中力を意識して私が行ったのは唯一つ。テレビを見ているとき途中で声を掛けることはしません。区切りよく一息つけるところまで待つ。これを実行しているうちに、他のときも声掛けのタイミングを計るようになりました。

数との出合い

一般的に子供が最初に出合う数は1から10までの数です。しかし、私は20まで教えるべきだと考えていました。まだ学生の頃で思い至った経緯は定かではありませんが、この結論だけが私の意識に残っていたのです。後にインドでは

20まで教えると知りました。お定まりの手法で、湯船につかり、何もない０から始まって20まで数えて、湯舟から上がる日々が続きました。

　３歳になった頃、「20の次はいくつだと思う？」「分かんない」。

「10の次は？」と聞くと「11！」そして「20、21、22……29」まで数え、はたと止まるのです。

「２の次はいくつ？」と尋ねると「３、あっ30だ」という具合で39まで進みます。

　毎日この会話を重ねながらお湯につかる時間もどんどん長くなっていくのですが、自力で99まで辿り着きました。そして次は100だと教えました。

　続いて文字の登場。０から10までのカードを見せます。「１と０で10」と覚えたのですがバスの行先表示の「01」を見て「１と０でじゅう」確かにそう教えたので、訂正はしませんでした。

　彼にとっては、身の回りに数字を見つけたことが嬉しかったはずです。その後100枚のカードはすんなりと並びました。これは単に数を覚えたということではなく、ルール・秩序・推測の初体験といえるでしょう。ここまでうまくいくとは、実験大成功。

　私は長年家庭教師をしてきましたが、残念ながら我が子に対して学習面では役に立っていません。それでもこんな

ことがありました。掛け算の九九を覚えた頃のことです。

「３人の子供が輪になって手を繋いでいます。繋いでいる手は何本でしょう」

　１人につき手は２本だから　２×３＝６　「６本」と答えます。だんだん人数を増やしていくと九九が使えなくなりました。少し考え方を変えなければなりません。

「アッ！　右手の数と左の数を足せばいい」。人数＋人数。これで何人になっても大丈夫です。

　次に３人の子供に１列に並んで手を繋いでもらいました。「繋いでいる手は何本でしょう」「４本！」。

　人数が少ないうちは頭の中の想像図で数えています。この方法に限界がくると紙に人形（ひとがた）を描き、数えています。あるところまでくると意地悪母さんは人数をどんと50人にしました。さすがに気持ちが萎えます。そこで質問を変えました。

「３人の子供が１列に手を繋いでいます。繋いでいない手は何本でしょう」「２本！」簡単です。「４人の子供が……」と人数を増やしていくと、あら不思議、繋いでいない手はいつも２本。「それじゃ繋いでいる手は？」と聞いてみると、「アッ！　全部から２引けばいい」と気付き、これで又何人に増えてもＯＫです。

　この場合も、「問題を１つ解きました」で終わりにせず、その問題の背後にある秩序に気が付くと、他の問題でもどうかなという気持ちになるでしょう。中学生になって方程

式を学べば何ということのない問題です。

　私が望むのは算数ができるかどうかではなく、様々な角度から考えられる人に育ってくれること。まずは正攻法で、だめな時にはあっちから、こっちからと自在に視点を変えられる柔軟性の獲得。これは私が考える「生きる力」の一つです。数学はそのための格好の材料です。

　これには更に続きがあります。小学生の息子にはここまでですが、同じ問いを高校生にもしたことがあります。「お茶の子さいさい、馬鹿にしないでよ」という顔です。通り一遍の答えに、

「エッ！　中に事故で片手のない子がいたら？」「そんな子が３人もいたら？」

　応用問題の意義は現実の生活に引きつけ、あらゆる場合を想定し、解に導くことでしょう。正確に読み取り、社会に目を向ける習慣が身につけば、極論ですが、正解云々は大した問題ではありません。

　教えていた子供達には、こんなこともありました。

　中学１年生、図の三角形の面積を求めるという簡単な問題です。原理・原則に従って手間隙かければ必ず解けます。

　次に別の解き方を考えてもらいました。ざっと３通りありますが、そこに至るには時間をかけて考える必要があります。いろいろ出揃ったら、①力業で解いた方法と、②同じ時間を考えることにあて、工夫して解いた方法を比較し

てもらいました。

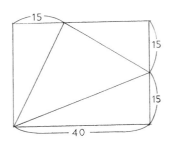

　①は一見楽そうだけど道のりが長く、途中計算間違いをする可能性が高い。②はちょっと大変そうに見えるけれど結果的に近道で、見直しも容易だという結論に達しました。こういう過程を辿ると、その後、「何でもいいから答えが合っていれば良し」「結果オーライ」とはならないでしょう。

　私は学校で大勢を対象に教えるわけではないので、事前準備は一切していません。行き当たりばったり、打っ付け本番で、横着極まり無いことですが、今思い返すと相手に合わせて進めるには、自分の都合を持ち合わせなかったのは、かえって良かったかもしれません。アンテナを張り、閃きが頼りの綱渡りです。

　積集合について学んでいた時に、家族の好きな食べ物を聞かせてもらいました。好き嫌いの激しい兄妹で、２人が共に好きなのはパセリだけ。「お母さんは毎日パセリを中心にメニューを考えるの？　大変ね」と。家族の一端を垣間見、笑うに笑えないこともあります。ですが、このようにインパクトが強いと、大いに学習の助けになります。

学びの位置付け

　学ぶことは学生時代に止まらず、社会人になっても続きます。それゆえ学ぶことに自信を無くしたり、嫌いになったりしたら、こんなに不幸なことはありません。学ぶことが好きであるに越したことはありませんが、私の線引きは「学ぶことを嫌いにさせない」です。

　夏休みのある日、義務感でだらだらと宿題をしている小学生の息子に「止めなさい」と言いました。ほっとした様子でしたが、しばらくして「お母さん勉強してもいいですか」と言ってきました。「いいよ」

　こんな時はとても集中して学んでいます。終わった後に「遣ってみてどうだった？」「楽しかった‼」と晴々した様子です。ここで学ぶことの楽しさを押さえます。

　我が家では成績の良し悪しについては一言も触れたことはありません。子供にとっては全く張り合いの無いことこの上なしだったでしょう。

　中学生の時、「○○ちゃんは１番になったら１万円もらえるんだって。△△ちゃんちは何でも好きなものを買ってくれるって」

　△△ちゃんは１番で入学したけれどもその後伸び悩んでいたようで、親は発破をかけたのでしょう。

「ふ〜ん。△△ちゃんの親は1番になるって信じていないんだね。お母さんは何でも好きなものなんて、とても怖くて言えないよ。それに一番になったら、そのこと自体が一番のご褒美でしょう。他に何がいるの？」という具合です。当然「勉強しなさい」と言うことはありません。

　そもそも勉強は自らに課することであって、人から強要されることではないと思っています。けれども1度だけ「勉強しなさい」と言ったことがあります。意外という顔で「お母さんは勉強しなさいって言わないんじゃなかったの？」。息子には腹の中をすっかり見透かされています。
「お母さんは生活を整えることが先だと思っています。だけれど、これが苦手で学ぶ方がいいと言うなら勉強しなさい。どちらもしないのは社会人として許されません」
「あ、そういう意味」

　息子は決して馬鹿ではないのに生活面ではとてもだらし無いのです。小学生の時もしょっちゅう物を無くしていたようで、「クラス全員に同じ物を配る時には、『これは守谷君の』と言って名前を書いて渡すんですよ。探し物を踏みつけたまま、無い無いと言っていた時には、おちょくっているのかと思いましたよ」と先生から聞かされる始末でした。私の友人を見渡しても、集中力の高い人にはこのタイプが多いようです。

中２の冬、息子は「塾に行かせてほしい」と言ってきました。「あなたは塾に行く資格がありますか？」と私は返しました。理由は２つ、まず分からないところを友人・先生・親に聴くという自助努力をしたうえでの提案なのか、２つ目は「学ぶ」に対する優先順位です。

　私が勉学を最優先しない理由の第１は、知識は逃げないからです。高校・大学へストレートに進む必要もないと考えています。同じ時間・同じ費用を費やして、渋々義務感で学ぶのと、自発的に目的意識を持って学ぶのとでは、どちらが楽しく効果が上がるでしょう。

　ある時、受験生のお母さんから、東京の私学に進むことを想定して1500万円（平成10年当時）確保していると聞きました。迂闊な使い方をできる金額ではありません。

　第２は、高度に学ぶ世界に入っていく時、社会に対してより重い責任を伴うと考えています。核が分かりやすい例です。科学者は知的好奇心の趣くままに研究しますが、結果、原子爆弾や水素爆弾に応用され、こんなはずではということになります。アインシュタインや湯川秀樹博士が後年、平和活動に携わったことは周知のことです。人格・社会性・想像力がどう育っているかは「学ぶ」に先立つと考えています。

　大学生になった息子に、「あの時は皆が行っている塾という所に行ってみたかったんでしょう？」と聞いたら「うん」と一言。当時、生徒160人のうち塾に行っていない子

は10人足らずでした。

　何を考えているのか分からない母親を相手に息子の口癖は、「普通でいい」。彼の真意は「普通がいい」と察していますが、そこは石頭母さん。「普通でいいんなら、普通じゃなくてもいいよね」と心の中で言う私です。

　又あるときには「普通・普通って、どこを切っても普通が出てくる金太郎飴のような暮らしってどんな暮らし？」。真面目に聞いています。私は時の流れに漂う「普通」や「常識」を正直持て余しています。かたや夫は、一筋縄ではいかない母親を相手に奮闘する息子に「お母さんと互角に渉り合えるようにならなくっちゃ」と言って、温かく見守ってくれていました。

　大学進学は当然と考える環境の中にいる息子に問いかけました。

「親の全てを擲（なげう）って学資を援助してもらい、後々親の面倒を見るのと、自分達の生活を確保する範疇（ちゅう）での支援。どちらがいいですか？」

「自分達の生活は自分で賄ってください」

　親としてありがたく、気持ちが楽になる返答です。親心で少々無理をしても、そこは奨学金としましょう。

　大学・大学院と奨学金を頂きましたが、これは意義があると考えます。見ず知らずの人達に自分の学業を支えてもらう。その御蔭で社会にお返しをしようと意識しやすいこ

とです。返済条件付きの奨学金は割のいい借金。借金では社会に対する思いは育ちにくいと思います。

我が家に巣くう虫

知識の習得について重きを置かない私達ですが、学ぶことを軽視しているわけではありません。夫は「何で？坊や」で、周りを困らせていた人です。それは年を取っても変わりませんでした。ところで守谷家には本の虫が住み着いています。おかげで家の中は本だらけ。

夫が子供の頃は「付け」で買っていたそうです。本屋の前は素通りできない人で、我が子が生まれる時も本屋で脱線。慌てふためいて病院に駆け込んで来る始末でした。

息子が本に出合うのは、生後３カ月頃。腕を立て、頭を持ち上げるようになった時、ベッドヘッドに描かれている絵を繁々と見ていました。うつ伏せ寝は視界が狭く、刺激に乏しいので、ベッドのコーナーに絵本を立て掛けました。そんなこともあってか、息子もよく本を読みます。

私達はひらがなを教えるための２つの試みをしました。まずは夫がボール紙に「あ」の文字を書き、その周りに蟻・飴・雨など「あ」で始まる絵を描きます。それぞれ「あ・い・う・え・お」と作りました。これは市販の木の玩具が高かったので、もったいないと手作りしたのです。が、これは見事に失敗、文字に関心を持つ助けにならず五枚で断

念してしまいました。

　次に私は大きな文字で繰り返し同じ文章が出てくる絵本を購入しました。少々乱暴なやり方だなと思いましたが、文字を指差しながらノーマルスピードで読みました。一文字一文字差すのではなく、流れるように指を滑らせるのです。簡潔で大きな文字の本から始め、最後はかなり小さな文字で書かれた物語まで。

　読み聞かせから自発的に読む切っ掛け作りは、私の体験が役立ちました。息子が年中の時です。私の実家で、天気の良い日を見計らい、本を1冊置いて彼を1人にしました。この時、どの程度本に親しんだか定かではありませんが、本は開かれていました。

　そうこうしている時、私は風邪を引いて、声が出なくなりました。子供に読んでちょうだいと頼むと、スラスラと読み始めました。最初は聞き覚えているのかなと思いましたが、物語の長さから推し測るに、それはあり得ません。新しい本では「は」を wa、「へ」を e と読み間違えるところを見ると、文字と音の一対一対応ができているようです。このような方法で文字を覚えるとは期待していませんでしたから、目の玉が飛び出るような驚きでした。

　実験は、意表を突く大成功。

　読むスピードが速いのは、拾い読みをしなかったからでしょうか。これが驚くほど速いのです。小学4年生。黙読で頁をめくる息子の隣で「あいつ、己と同じスピードで読

んでいるぞ」と、これは夫の折り紙付きです。片や息子も
「お父さんは呼吸するように本を読んでいる」と言います。
じっくり味わい、考えながらで、読むのが遅い私は内心、
“どんな読み方をしているの？”と理解しきれません。

　小学校の図書を最も活用したのは息子かもしれません。
学校の休み時間は当然のこと、帰りの挨拶の時、既に目は
本に釘付け。ほらほら今日は授業参観。特別な日だよ。

　いつもランドセルをしょって立ったまま、ずっと本を読
み続けていたようです。先生は息子には「外で皆と遊びな
さい」と言いたいし、他の子供達には「守谷君を見習って
もう少し本を読みなさい」と言いたいし、ジレンマだとお
っしゃっていました。

　伊能忠敬の足跡を辿る旅の新聞記事に目を通している息
子に、どこまで分かっているのだろうかと「これは、なん
て読むの？」と聞いたら、「いのうただたか」と答えまし
た。とても驚きましたが、『マンガ日本の歴史』にはルビ
が振ってあったはずです。

　私自身のことになりますが、6歳になった頃、祖母の家
で一人留守番をしました。遊び道具はなくテレビもない時
代です。私は叔父の本棚に『中学時代』という月刊誌を見
つけ、読みました。当時は全ての漢字にルビが振ってあっ
たからです。どの程度理解できたのかは甚だ疑問ですが、
恋心を描いた文章もあったように覚えています。

教育の普及と共にルビを目にすることは少なくなりました
が、好奇心の趣くままに知識や漢字が楽しく身につく機
会を奪われてしまい、子供達にとっては残念なことです。

　こんな息子ですが優等生・模範生というわけではありま
せん。むしろ逆で、ある時など、給食をたっぷり食べた後
の授業参観で大勢の親が見守る中、ぐっすりとお昼寝。緊
張感がないのか平常心なのか、もしかしたら大物になるか
もと他人事のように見ている「この親にして、この子あり」
でしょうか。当の本人は「失敗しちゃった」と軽いのりで
おばあちゃんに話していました。

　又、別の時には「守谷君は1分でやったような宿題を持
ってきます」と聞かされました。しかし、これらのことに
ついて本人にあれこれ言ったことはありません。選挙が始
まればポスターに関心を示し、新聞にも目を通します。

　車のコマーシャルを見ていた時など、家族づれが楽しく
キャンプをしている様子を映しながら「物より思い出」と
キャッチフレーズを流していたのですが、「物より思い出
と言いながら物を売っている」と鋭い発言。私の目には充
分すぎるほど健全に育っています。

　我が家に巣くっているのは、本の虫だけではありません。
　もう1つは、ストレスに弱い遺伝子です。これが働き出
すと統合失調症になる危険があります。特徴は、成績優秀、

大人から見て“いい子”が挫折感を味わうことが切っ掛けとなり、青年期以降に発症するそうです。たしかに友人のお姉さんは成績も良く、美人でしたが、発病の切っ掛けは失恋だったそうです。

　夫と義弟は大の仲良し兄弟で、いつも一緒。知識先取り、１月生まれと４月生まれで、同じ学年で比較すると、義弟は知力・体力共、圧倒的に優れていました。当然小さい頃から周りに期待されます。しかし、高校生ともなれば、これは通用しません。更に不幸なのは３学年違いだったこと。学校では先生方からことあるごとに兄と比較され、堪ったものではありません。大学受験にも失敗し、追い詰められていきました。こうなると当人が苦しむのはもちろん家族の暮らしも崩壊します。

　お医者様の説明によると、この遺伝子を持っている人は100人に１人。しかし100％発症するわけではないそうです。ではその分かれ道は？　ストレスを抱えるような物の考え方をしなければいい。実際周りをよく観察していると、発病していないけれど同じような症状を呈している子供達は少なくありません。昨今は夏休み明けに子供の自殺が多いということですが危険な時代です。

　この遺伝子を持っていなくても、条件が整えば誰でも発症する可能性があるということです。

　私達は過剰な期待をかけず、“自分らしく、堅実に生きる”を目標に掲げました。“子供の意志を尊重する”当り

前のことです。

　そもそも私は、「〜しなさい」という断定的な物言いは、早く寝る、歯を磨くなど健康に関することと、人を傷つけるようなことに限られます。

　息子が中学2年生の12月、そろそろ自転車通学に切り替えようと自転車を購入しました。公立中学はヘルメット着用を義務付けていますが、附属中学にはその規則がありません。そして誰も被っていないのです。私はヘルメット着用を条件としました。息子は決心がつかず、自転車は3カ月余りの間飾り物となりました。私には理解しかねますが、「ヘルメットを被ったら自転車に乗れるんなら、被ったら？」という親友のDちゃんの一言で心が決まりました。お友達は大切です。

　条件を付けた理由は、事故を起こした時、子供自身が怪我をしたり最悪死んでもかまわないと言うなら、そこは受け入れます。しかし事故には相手があり、車の場合100％車が悪くなります。事故は避けられなかったとして、怪我で済むのか、死ぬかでは相手の人生に歪みが生じ、家庭崩壊も考えられます。自分のためも然ることながら、相手のためにヘルメットを着用する。ここは譲れません。

　自転車通学を始めて何日か経ったある日。うう〜ん？早晩頭に被るヘルメットを手に持って出掛けることに気付きました。車で追い掛けると、案の定被っていません。「学

校へ行かなくていい。帰りなさい」とスピードを落とした車の窓から叫びます。息子は急いでヘルメットを着け学校へ。通勤時間帯で私も流れのまま帰宅しました。そして夕方、帰宅時間を見計らい通学路にあるコンビニの駐車場で待ち構えていました。そこをヘルメットを着けた息子が通り過ぎて行きました。これで一安心です。

　人に合わせたくても、よくよく考えるとできないことは様々にあります。

遣る気が要

　何をするにも意志があってこそですが、この時、「ねばならない」と「遣りたい」では雲泥の差です。はたから見て頑張っているようでも、遣りたくて夢中になっている時は頑張っている辛さはないはずです。形ではなく、心の有り様こそ気に掛けるべきだと思います。

　ところで、遣る気はどこから出てくるのでしょうか。母の観察によると、小さい頃の私は特別に算数が好きな様子はなかったといいます。高学年になり、担任の先生が授業を離れて鶴亀算や旅人算などの問題を出してくださり、段々に填っていきました。中学生になり、国語の成績が悪いことが明確になってこれが決め手となり、数学大好きを自覚するようになりました。同時に国語に対する苦手意識も生まれました。数値化することの功罪です。

働いていた母に代わって私を育ててくれた祖母は、自身
５人の子供を産み育て、私は６番目の子、４人目の娘のよ
うなものです。口煩いことは一切言いません。ただ私がで
きていること、箒の先をパッパッと撥ね上げないで掃いて
いることや、ご飯をよそった後に御櫃の中にポッカリと開
いた穴を山形に寄せたり、これらは祖母を見習って当たり
前のこととしてやっていたのですが、そのできていること
を押さえてくれるのです。御蔭でその後は意識してやるよ
うになりました。

　３人の娘を育て、同じ環境にいても同じようにはしない
ことを知っていたからこそ出た言葉だと思います。当たり
前のことを当たり前としないことや親が先駆けになること
を学びました。子供にこうしてほしい、こうなってほしい
と思うことは、自分が遣れていないのではと意識し、自分
の課題としました。御蔭で息子に「〜しなさい」とは言わ
ないで済みました。

　しかし祖母の例にもある通り、全てが旨くいくわけでは
ありません。息子は片付ける意識が無いのか、あっても下
手なのか、たぶん前者です。仕方ありません。意志の無い
ところに根本的な解決はありませんから、とことん困って
もらいましょう。

　一方で嬉しい言葉も聞けました。いつもは学園まで自家

用車で送迎をするのですが、雪が降ったその日は電車とタクシーを使いました。タクシーの運転手さんと話している私を見て、「お母さんは誰とでも仲良しできるんだね」と言ってくれました。話すという形ではなく心境を見透かされた気がします。何であれ子供はよく見ています。信じて待つことにしました。

「出来の悪い子ほどかわいい」そう言って孫の中で一番かわいがられた私は、複雑な心境です。しかし年月を経て振り返ると、第1子である母に対して祖母自身の至らなさを重ねてのことだったのでしょう。子供の数による経験もそうですが、どんなに若い人であっても年上の子供を持つお母さんには敵わないのも事実です。

　何事も体験してこそ。ここでも「習うより慣れろ」です。

自覚

　小さい時は小さいなりに、大きくなっても身近な存在ゆえに親の影響は大きいものです。一方、親にできないことはたくさんあります。私はできないことは潔く人に委ね、子供の足を引っ張ることだけはしないように努めました。

　結果、教えず・褒めず・欠点を論わず、頑張れも基本、口にはしません。「頑張れ！」と安易に言わないのは、誰しも長い人生のどこかで「ここぞ」という場に出くわすは

ずだからです。ここが頑張りどころで、何でもないときに極限まで力を使い続けていると肝心な時には気力も萎えてしまうというものです。こんな状態で頑張れと言われても何の力にもならず、只々辛いだけです。

　実際、息子が大学で苦戦していた時に一度だけ使いました。それも言いたくはないけれど、との但し書付きで。なら言わなきゃいいのにと思うのは今だからでしょう。「一所懸命」が「一生懸命」に転化しましたが、これも使う気になりません。私の中で「一生懸命に頑張れ」は不可能最悪の言葉です。

　子供は成長と共に自分の問題点に気付きます。私は人と比較競争する必要はないけれど、比較は自分を知るのに必要だと思っています。自覚した問題点を乗り越えるのは容易なことではありません。周りからやいのやいの言ってどうにかなるものなら、どんなに楽か。現実は、言えば言うほど遣る気を無くしたり、自信を無くしたりと、良い結果には繋りません。ハードルを越えるのは本人の意志があってこそです。

　息子がだらしないことは自他共に認めるところでした。小6の夏休みに和歌山県の六川で行われた5、6年生の子供だけのキャンプに参加しました。このとき、豪雨がやってきてテントが使えず、近くの小屋に避難しましたが、自分の問題点を意識していた息子は持ち物を常にリュックに

まとめていたそうです。御蔭で、すぐに移動できたと話してくれました。

　このキャンプで2つの失敗もありました。何もない自然の中での生活。1つは腕時計を持たせたのですが、初めてのことです。そのまま川遊びをしていて時計は動かなくなってしまいました。

　もう1つは非常時のための「銀の笛」です。これは阪神大震災の折、神戸に宿泊する予定だった幼稚園の理事長先生が予定を繰り上げ帰ってきて、既の所で難を免れた出来事から、古稀のお祝いに際して各自の名前と血液型、電話番号を彫った笛のペンダントをプレゼントしてくださいました。万が一、声が出なくても笛は吹けるでしょうし、声よりも笛の音の方が遠くまで届きます。これを息子の首に掛けてやり、送り出しました。

　チェーンが長かったのか頭が小さかったのか、これも川遊びでなくしてしまいました。帰路について途中から、しょんぼりと電話をしてきました。安全・安心のために持たせたものです。失敗には触れず、「あなたが無事に帰って来ることが一番なんだよ」と、計らずも愛情表現のチャンスをもらいました。

　このキャンプから程無くして、息子は富士市に住む私の叔父の所へ一人旅立ちました。叔父の話によると、昆虫採集に行こうと虫取り網を買いに行った時のことです。息子

が2本買うと言うので「どうして？」と尋ねると、「僕、すぐに失くしてしまうの」と答えたそうです。そう来たか。自覚があるのは分かったけれど、その解決法どこまで通用するやら。この叔父にはその後ずっとお世話になります。

　息子にはおばあちゃんは2人揃っていましたが、おじいちゃんの存在がありませんでした。又、私達夫婦は共に会社勤めをしたことがなく、見えないことが少なくありません。そんなこともあって、叔父にお願いして見てもらうことにしました。我が家に来て家族団欒。特別なことをするわけではありません。が、大勢の人を束ね会社を牽引してきた人ですから私達の問題点をしっかりカバーしてもらえるでしょう。この叔父の目に息子がどう映ったのか。雄弁な人でしたが多くを語らず「詰めが甘い」の一言でした。やはりそこですね。

　娘のいない叔父にとって、私は娘同然。私は父の死後この叔父を父親のように頼り、誰もが一目置くこの叔父とも言いたい放題、遠慮の無い関係を築きました。そして実の孫は女ばかりのところへ男の子の孫ができたのですから、又違う楽しみがあったでしょう。

自覚の先

　私は自分の問題点を修正することに異論はありませんが、これに気を取られ過ぎて本末転倒になることは避けたいと

思っています。それには、欠点をカバーしてくれるパートナーと組めばいいのです。

　これは私が小学生の時の体験です。走るのが遅く、徒競争で最後尾は私の定位置でした。容赦の無い母からいつも「びりから帆を上げて走っている」とからかわれていました。こんな私が唯一2番でゴールしたのが二人三脚です。一緒に組んだのはクラスでも速い子で凸凹コンビでした。最悪と思われる組み合わせでしたが、お互い協調性はあったようで、合わせることに集中してゆっくりと走り出しました。前を行く組が転けるのを尻目に次々と追い越し、先の結果です。走って気持ちがいいと感じた最初の体験でもありました。速い子同士が組んでもお互いに合わせる気持ちがなければ、いい結果につながらない分かり易い例です。

　劣等感に埋没しないで、自分に合ったパートナーを見つける能力も「生きる力」の一つだと思います。そのためにはやはり○×を付けないで有りのままに見ようとすること。加えて、自身を有りのままに曝け出す勇気も。そして人の粗探しは簡単ですが、人の良い所を見つける力が物を言うと思います。ここでも私が率先して「いい所探し」の力を付けねばなりません。こうして人が入っていないと言われ続け人に関心の薄かった私も次第に変わっていきました。

　「人の目を気にしないのはお父さんのいい所だけれど、程度が過ぎる」と。これは息子の弁です。片や私は人の思惑

を気にせずなんでも口に出せますが、こちらの方は子供には認識しにくいようです。今程になれば"お父さん"は"両親"に訂正されているでしょう。人の目を気にしないからといって協調性に欠けるわけではありません。むしろ逆で、人と共に行動する時は誰よりも規律を守ることを意識していると思います。

　息子が４年生の頃、「学校で一日苛めにあった」エッ！「僕の思い込みかもしれないけれど」と話してくれました。苛められたかもしれないことより、被害者意識を持たず、感じたことと事実を分けて捉えられていることに感動しました。これは「生きる力」「仲良し」の要です。思い込みの強い性格の息子はここに至るまでにどんな経過を辿ったのでしょう。

　人は変化し成長し続けます。変わる部分と変わらない部分。目に見えることも見えにくいことも。思い込みや錯覚も絡み複雑です。ある一面を見てこうだと決め付けるのは簡単ですが、とても危険なことです。親として一瞬、一面に踊らされず"待つ"ことは忍耐を要しますが、"見守る"ことがもたらす大きな価値と喜びは計り知れません。

聞く力

　子供が何かを提案してくるとき、必ずしもいい返事ができるわけではありません。私の場合、最初に却下しても、

少し考えてＯＫということもあるので、再度提案する余地は残してあります。しかし、基本三度目はありません。

　私は息子と対立した時には夫に話します。気持ちが先立つ息子とは冷静な話し合いにならないのです。夫婦の意見が一致すれば、子は親に従わざるを得ません。対立した場合、夫は息子の言い分を支持していますが、自分の都合は絡んでいません。この時、二人の遣り取りを聞いていた息子が「うちは妥協を許さない家族だね」と言いつつ、「お母さんの言うようにした方がいいと思うけど、お父さんの意見の方が都合がいい」と横で冷静に聞く耳も持っているようです。代弁者を介して客観的に捉え直しています。

　「人と仲良くできる力」を第１に掲げた私達です。「お友達とは仲良くするのよ」「うん」といって仲良しの力が身につけば、こんなに結構なことはありません。しかし実際は遣ってみて、なんぼです。

　まずは子供の前で喧嘩をしない約束を夫としました。これは難なくクリアできるでしょう。私の祖父母は声を荒らげない人だったので、母の兄弟も皆穏やかな人達です。そのうえ、一人っ子の私は兄弟喧嘩の経験がありません。問題が生じれば、前述のように話し合えばいいのです。

　話し合うに際して必要とされる一番の能力は、人の話が聞けること。人を有りのままに受け入れ理解しようとする力でしょう。

したがって子育てにあたって私が発してきた言葉は、健康に関する声掛け、「歯磨き」「寝なさい」「姿勢」。その次が「（話を）聞いていない」でした。

　私は学生時代に、友人と相手の話を正確に聞くということをゲーム感覚でやっていました。その頃の一場面。「ワンタッチの傘」と言いたいのに「ワンタッチ」が出てこない友人。「瞬間開閉傘」「閉じない」「シマッタ！」。閉まらないと言ってるのにね、大笑いです（当時閉まる傘はありませんでした）。ほんの数秒間の綱渡りのような会話です。その流れで、母との会話も「そこのあれ取って」。私は身じろぎもせず「代名詞ばかりじゃ分からない」という具合。この遣り取りを聞いていた別の友人に、「お宅の親子の会話はすごいわね」と言われる始末です。

　夫をよく知る友人が、「守谷さんは宇宙人みたいね」「エッ？　あなたは宇宙人じゃないの？」と私。彼女は、とても同じ地球人には見えない異星人のようだと言いたかったのでしょう。私の頭の半分はそう捉えているのですが、もう半分の石頭が反射的に言わせるのです。

　こんな私を面白いと好意的に受け止めてくれる人もいますが、以心伝心の文化を持つ日本で、「始末の悪い奴」と思う人は少なくないでしょう。同じ石頭の似た者夫婦で、夫は話を真摯に聞いてくれる人でした。その時は私の話を聞いて何のコメントもなく、一言「ウン」。

「それは賛成という意味ですか、それとも聞いたという意味ですか？」「エッ⁉」。

　無意識の相槌。どちらでもありませんでした。自分に都合のいい解釈は後々トラブルの元です。桑原、桑原。

　ここまでシビアな会話はともかくとして、車の助手席で右へ曲がってと言いながら左を指差すという程度のことはよくあります。目に見えて間違いを認識しやすいことは誤解を生じにくいもの。目に見えないことにこそ、耳を澄ます必要があり、仲良しの要だと考えます。

　こんなふうでしたから、私達親子の会話も推して知るべしでしょう。

　息子が高校３年生になり、やっとここまで来たとフッと気が抜けた時のことです。息子の言葉に反応しながら、不味い！と思った瞬間、「お母さん、（僕に）聞いていないと言うけれど、お母さんこそ聞いていない」

　ピシャリと指摘されました。全くもってその通りでございます。そして息子は正確に聞いていると分かりました。失敗には失敗の役割があり必要なものと再認識です。

　普段「きく」と何げなく口にしていますが、まずは耳でその通りに「聞く」。次に、私はこう受け取ったけれど間違いありませんかと口で「訊く」。更に相手の真意をきこうとして「聴く」。と「きく」は奥が深い言葉です。更に「いうことを聞きなさい」は単純に聞くに留まらず、人に命令し、従わせる意味を持ち合わせていて、手強い言葉だ

136

なと思います。

　私が子供の頃は、アメリカがくしゃみをすると日本も風邪を引くといわれましたが、今や日常の暮らしは地球規模の影響を受けている。このことは人為、自然を問わず明らかな時代です。多様な人々との共生は必定です。視野を広く持ち、問題解決してトラブルの無い世界で幸せに生きてほしい。親共通の願いでしょう。

　これを逆算すると、一番小さな社会は家庭です。私は家でできないことは外でもできないと思っています。子供に求める前に私が仲良しできないと環境が整いません。

　カルチャーセンターで初対面の人と話していた時のことです。この様子を側で見ていた同じクラスの人に「知っている人と話しているのかと思った」と言われました。こんなふうになる切っ掛けをくれたのは息子です。

　しかし、垣根を低くして顔を見えやすくし、声を掛けやすくすることは自分でしなければなりません。若い頃は無口ゆえにトラブルを招くことはありませんでしたが、誤解されるのは毎度のことでした。子供と共に成長してきた今は誤解されることは少なくなりました。口は禍の門と言いますが、言いたい放題で仲良しの輪が広がっていき、楽しい毎日です。私の昔を知る人には別人に見えるようです。

親子だからこそ

　アメリカで息子の卒業式に出席した後、観光旅行に出かけた時のことです。宿泊したホテルのロビーに帽子とお土産の入った小さな手提げ袋を忘れてしまいました。気付いたのはホテルから空港へ向かうバスの中です。すぐに電話をしましたが、見当らないということでした。

　アメリカで物を無くしたら、まず出てこないと息子はさっぱりとしたものです。気付くまでの時間や置き忘れた場所、そして英語はよく分からないながらも電話の内容も、とにかく気持ちがすっきりしません。

　その夜、再度息子に頼みました。「あなたの考えはよく分かったので、次からは気を付け、自己責任で同じお願いはしません。しかし今回だけはもう一度、私の言う通りに電話してください」とベッドの上に膝を折り、手を付いて頭を下げました。そして「今朝、私の母がロビーのテレビの前の椅子に……」最初の電話では、男物だと早合点されたのではないかと思ったのです。

　案の定、ありました。「そんなに大事なものなの」と息子には言われましたが、諦めるのは手を尽くした後でいいでしょう。

　「言葉が機能する関係を築く」。ここには相手を肯定し、

信頼し合うという大前提があります。これはどんなに小さな社会、それが家庭であっても変わらないはずです。

　相手を尊重し、聞き合う生活では、怒りをぶちまけたり、脅しを掛けるということは成立しません。相手が子供でも同じです。後々気付くのですが、「そんなことをすると鬼が来るよ」と脅したりからかったりということは一切してきませんでした。

　私は親子や親族は切っても切れない間柄だからこそ、礼節が重要だと捉えています。そうは言っても肩に力を入れて暮らすのでは、たまったものではありません。家は一番寛ぎ、安らぐ場所だからこそ、心置きなく本音を出し、失敗を大らかに受け止め、練習の場とするのです。

　直接は目にしていないことですが、祖母は実家へ行き、帰宅するとまず祖父に「只今帰りました。〜と仰せつかってきました」と正座して挨拶した後に着替えをしたそうです。祖父もそれまで寝転んでいても起き上がり、正座して迎えたと聞いています。こんなことが無理なく自然にできると素敵だなと思います。

正念場は突然に

　子育ての正念場はいつどのように訪れるか予測できません。

　私の場合、息子が小学１年生の３学期に入った時、突然

に遭遇します。腹部に瘤<ruby>瘤<rt>しこり</rt></ruby>を感じ、『家庭の医学』で調べました。卵巣腫瘍のようです。良性の場合は心配ないのですが、悪性の場合は死を免れません。それも開腹してから検査しないと分からないのです。折しも義母が滞在していたときで、1人になれる場所がトイレか風呂場しかありません。昼日中、お湯を張り飛び込みました。さめざめと涙を流しながら頭をめぐるのは息子のことです。

　全ての人に100％訪れる死そのものには何の感慨もありません。ですが子供が絡むと、さすがに感情欠乏症の私もこの有様です。10分ほどそうしていたでしょうか。我に返った私は、万が一悪性だったとしても今日明日に死ぬわけではない。2〜3年の猶予があれば、いろいろと遣れることがある。もう泣いている場合ではありません。早速病院へ行きました。予想通りでした。

　夫は息子を「直ぐに（学園から）戻さなくちゃ」と浮き足立ちます。それは違うでしょう。まずは入院生活に集中しました。幸い良性だったので、今もこうして元気でいるのですが、問題が去っていくと思考も停止してしまいます。「喉元過ぎれば熱さを忘れる」の諺通りで、「体験してなんぼ」はこんなところでも顕著です。

第4章

子供を取り巻く環境

核家族の子育て

　核家族での子育ては様々な問題を孕んでいます。

　子供が生まれて間もなくは、お母さんが思うように休養が取れないことから始まります。が、誰の目にも分かることより、目に見えないことこそ要注意です。

　息子が２歳半の頃、ベランダの鉢植えに水を掛ける私を見て、トイレの造花に水を掛けました。私は優しい心が育っているなと思ったのですが、これを聞いた友人が「それって我儘の芽を育てない？」「私もそう思う」と別の人にも言われ、私の頭の中は「？」の山です。半年間考え続けました。子育てにはこんな落とし穴があちこちに口を開けています。

　育児の先輩であるおじいちゃん、おばあちゃんが一緒ならば、育友がたくさんいれば、幸いです。「三つ子の魂百まで」といいますが、肝心な時には１人で奮闘しているのが現実でしょう。

　大家族の利点は、子供が叱られた時に逃げ場があることです。優しく受け止めてもらい、諭してもらうこともできます。毎回母子が膝を突き合わせて対峙するのは大変なことです。母親がいつも正しいとは限りませんから、違う目で子供を見、異なる意見を述べてくれる人がいて「共育」できると楽だと思います。何よりも子供がいろいろな考え

に触れ、自分の考えを持つ切っ掛けになるはずです。

「あなたのためだから」とお母さんの肩に力が入り、絶対君主として君臨し、子供が奴隷と化すのは最悪のパターン。そして悪意がないだけに自覚しにくいところが盲点です。

子供の感性

私が東京に出て来た頃はまだ都電が走っていました。叔母は幼い従弟を連れ、品川でわざわざ都電に乗り換えました。国鉄を利用した方が、大人には都合がいいのですが、都電に乗せ、ゆっくりと東京タワーを見せようとの親心です。浜松町に来たとき、従弟が突然「東京タワーが動いてる」と驚きの声を上げました。動いている自分とずっと位置を変えずに見えている東京タワーにびっくりしたのです。学生だった私は、この時初めて子供の目線に触れました。その後も一緒に行動する度に、大人は気にも留めないところに目を留め、感動しています。私も一緒に楽しませてもらいました。

息子が3歳になった頃、呉服屋さんでのこと。反物を広げていると、「綺麗」の一声。そして見入っています。私自身「かわいい」「綺麗だね」という物言いをしている覚えはなく、何時の間に何所で、この言葉と感性を獲得したのでしょう。既に2カ所の保育園を経験し、他に何人もの人のお世話になっています。

この年頃の子供は見るもの聞くもの無条件に吸収しています。幼稚園のお母さん達が集まってお喋りしているとき、人の噂話などは以ての外。子供達が傍らで耳をダンボにして聞いています。大人はよくよく心しなければ。

　最初は真っ白の子供の感性がどう育っていくのか、私も先入観にまみれた大人の一人で、見落としたことだらけです。できることなら、時間を巻き戻して改めて観察テーマにしたいところです。久し振りに電車に乗ってみると、スマホに夢中な幼児のなんと多いことか。当節はゲームを与えておけば静かにしているからと大人の都合優先で、せっかくの機会を逃し、子供の感性を削いでいるお母さんが多いのはとても残念です。

初めてのお使い

　昔は、「かわいい子には旅をさせよ」とよく言われました。海外でも「Spare the rod and spoil the child」（鞭を惜しむと子供はだめになる）という格言があります。

　私が1人でお使いに行ったのは小学1年生の夏休みです。歩いて10分程の所にあった親戚の家で、勝手知った道でした。2度目は30分余り歩いた先にある叔母の家です。最初は祖母と一緒に行きました。次の時には1人で出されたのです。長閑な田舎道で迷子になる心配はないというものの、そういう時代だったのでしょうか。

又、叔母に叱られた小学２年生の従弟が、３歳半年下の弟の手を引いて家出をしてきたこともありました。２人揃って行方不明。ご近所も巻き込み、大騒ぎとなりました。一般家庭にはまだ電話が無く、一件落着したのは夜でした。親は心配しすぎると、安堵の気持ちが先立ち、叱るのを忘れるようです。

　私が、市電に乗って初めてお使いに行ったのは小学５年生。しかも初めて行く祖母の弟の家です。乗り過ごし終点まで行ってしまい、折り返しました。運転手さんに「ここだよ」と教えてもらい下車しました。降りた目の前に交番があり、迷わず入って尋ねますと、道路を挟んだ交番の真向かいの家でした。聞くまでもないことでしたが、「保険は無駄になるのが一番幸せ」です。当時は家族と離れた所で問題に直面した場合、近くにいる見ず知らずの人達の力を借りなければ立ちゆきません。

　私は必要なことも喋らないほど無口な子供でしたが、このような場を用意してもらうことで問題解決能力や自信を付けてきたのだと思います。今や大人にとって必要便利な携帯電話ですが、「子供の育ち」という視点からはどうでしょうか。

　たまに英語の予習をしていくと友達に「赤い雨が降るからやめて」と言われるくらい英語が苦手でした。そんな私

が、我が子の卒業式に出席したい一心で、乗り換えを物ともせず単身アメリカへ行ってきました。遅延があったり、搭乗ゲートを間違えたり。卒業のプレゼントは買ったのかと押し売りされそうになって「私が出席するのが一番のプレゼントだから」と逃げ切っての旅。とても現実にあった出来事とは思えません。こんな無茶な一歩を踏み出せたのも、それまでの体験で培われた人に対する信頼感があったからでしょう。

子供社会の変化

昔の子供達は、学校から帰ると、玄関先にランドセルを放り込んで遊びに行くという毎日でした。地域には子供達の溜まり場があり、そこに行けば誰かしら遊び相手がいます。一番乗りだとしても、すぐに仲間がやって来ました。資格は、小学六年生まで。

大人が決めたルールではありません。小学校卒業と同時にこの子供社会からも卒業していきました。

どの子も、チョロチョロと後をついて回る「味噌っ滓」から始まり、中間管理職的な時期を経て、全体を統率するまでを体験できます。様々な立場の目線が獲得できたのです。ここでは大人が介入する余地は全くなく、小さい子は年上の子を見て集団での行動を学びました。

大人社会の縮図としての子供社会を体験することは、そ

の後のスムーズな社会参加につながったように思います。

　今、子供達の放課後の居場所について問題が大きくなっています。単に学童保育施設の不足だけでなく、大人の都合中心の管理された中での育ちに不安・疑問を抱く人もいます。当然でしょう。子供に必要なことを全て用意できないと気付いている人もいます。公的機関に頼るだけでは問題解決しないところまで来ているのは確かです。

　昔は道路も空き地も全て子供の遊び場。子供天国でした。車社会、知育偏重の現代、大人の都合優先で、「道路で遊んではだめ」、公園でも「ボールを蹴ってはだめ」と、だめだめづくし。挙げ句は「声がうるさい」。大人の自己中、ここに極まれりです。子供同士の関係も輪切りで縦の関係は分断されています。このような状況で子供達が自ら考えて行動する力や、人との関係をどうやって身につけるのでしょうか。

　一般的に、大人は泣いている子に被害者であると軍配を上げるので、小さい子は泣き合戦で正当性を主調することはめずらしくありません。本当はどうでしょう。

　息子が５歳の時、大の仲良しのＹ君と我が家で遊んでいた時のことです。Ｙ君の泣き声が聞こえてきました。何事でしょう。Ｙ君は園でも１、２の立派な体格の持ち主。片や息子は小柄で人畜無害。「守谷君と一緒だと安心」と女の子のお母さん達から絶大な信頼を得ている子です。息子

が咎めることは100％考えられません。

　ところが次の瞬間「御免なさいは？」と息子の声。続いて「御免なさい」と謝る声がするのです。？？

　そして「一緒に遊ぼ」と何事もなかったように仲良く遊び始めました。

　この一件は、「泣き声」に過剰に反応し、大人の価値観を持ち込むのは危険だということ。子供には子供社会のルールがあり、問題解決の力があることを示していると思います。

　昔から子供は喧嘩をするものです。自分の言い分を主張し合い、言葉で表しきれなくて手が出たとしても、それはコミュニケーションの練習です。仲裁に入る子がいたりして、一体で問題解決することを身につけていくのだと思います。大人の価値観や先入観で子供を染脳し、振り回すことは子供のためになるでしょうか。未だ戦争を続けている大人です。そんな資格があるとは思えません。言いたいことを率直に言い、喧嘩をしても根にもたず、すぐ仲直りする。子供の振舞の中にこそ、世界平和のヒントがあるのではと思ったりするのです。

　そもそも、今の子供は喧嘩をさせてもらえません。怪我をしないようにと遊びも制限されたのでは、痛みが分からず、手加減が分かりません。これで想像力を働かせろというのは無理というものです。

そして今や子供だけでなく大人の引きこもりや苛めが表面化し、大問題です。引きこもりはその数115万人。人口の0.92％。その他の疾患も考え合わせると心の病で苦しむ人は大変な数に上ります。他人事ではありません。昔では考えられないことです。この現象は“仲良し”や“問題解決”の能力が低下している表れ。当然目の前の問題に対処しなければなりませんが、その一方で、ここに至った原因を探り、根本的なところからの見直しが急がれると思います。子供の環境をどう整えるかは予断を許さない課題です。

個人差は豊かさの源

　私は学生の頃から能力別の教育を支持していました。
　スタートラインは同じとしても、徐々に違いが出てきます。年齢で学年を決め、画一的に教え効果を上げることはどだい無茶な話です。子供が皆、同じように関心を示し、同じように努力し、足並を揃えて学び育っていく。考えただけで背筋が寒くなり、ゾッとして気持ち悪い光景です。
　体一つ取ってみても身長が伸びる時期、体重が増える時期は人様々。学びについても同じはずです。ことに数学のように以前に学んだ知識の上にどんどん積み重ねていく理系の科目では、遅れを取るとお手上げです。逆に、既に知っている子は無駄に座っていることになります。忍耐力を養うことが目的ならばこれもありですが、９年も？　そし

て遣る気満々で伸びる時期に伸ばせず、その後頭打ちですというのは気の毒な話です。

　部活も終了となり、中３の夏休みから受験までの７カ月間、息子は塾に通いましたが、学校との違いを知りました。塾は能力別にクラス編成されていますが、最初は少し下のクラスからスタートします。息子は既に分かっていて新鮮味のない授業にうんざりしていました。

　次の週には上のクラスへ。その後も徐々に上がっていきました。つまり子供をよく見ているということです。塾は知育のプロだなと思いました。慎重にスタートするのは当然ですが、認められ上がっていくと子供の遣る気も引き出せます。

「褒めて育てる」といいますが、口先で煽てるのではなくて、これが本質かなと思います。能力別支持。私は、息子の体験を通して、更に確信を深めました。

　私達の子供時代を振り返ってみるに、学習は授業を全力集中して受けることに尽きました。プリント１枚10分程度の宿題は出たものの、後は全く自由で、放課後は遊び放題。外遊びができない雨の日は読書。好きなことに熱中できました。夫は海に潜り、ラジオを作り、ボーイスカウトにも参加していたといいます。

　学校の授業についていくのに必要なのは予備知識ではな

く、集中力と好奇心です。そのためには残りの時間をどう過ごすか。減り張りのある生活、疑問が持てるような時間の過ごし方が大切だと思います。

　又、人はそれぞれに凸凹がありますが、それを個性というのでしょう。懸命に穴埋めするよりも飛び出たところを伸ばし、セールスポイントとする方が子供の自信と遣る気に繋がり全体が豊かになると思うのです。

　子供の個人差を認め、義務教育であるからこそ必要なことを身の丈に合わせて確実に学べる。これこそ大人が果たすべき義務だと考えます。既製服だって、少なくともS、M、Lとあるのですから。

　一回り上の先輩が父兄会で高校へ行った時のことです。息子さんがビリから２番目だと告げられ発破をかけられました。すると「順番をつければ１番からビリまでいますよね。うちの子がビリから２番目ということもあるでしょう」と悪びれる風もなく言って先生を驚かせます。「類は友を呼ぶ」です。数値化することはそれなりの意義はありますが、使い方を間違えると落とし穴に真っ逆さまの危険が。一時の数字に踊らされ大事なものを見失わないようにしなければ。

　道具（etc.携帯）は"諸刃の剣"だと言いましたが、教育も子供の可能性を広げているつもりが、ちょっと油断をすると競走馬に余所見をしないように付ける遮眼帯のよう

にもなり、"取扱い要注意！"です。

教育の本質について

お父さんの転勤で、中学からアメリカの学校に通った知人の話です。お手々繋いで同じ事を学ぶ日本の学校教育から一変。自分でカリキュラムを組むアメリカのシステムにとても戸惑ったそうです。

このやり方は単に知識習得の枠に留まりません。自分に向き合い、考え、意志決定する。そして人との違いを肯定する。

これに対して日本では、考える暇もなく過剰・過激な比較競争です。これは中身が画一化されているゆえに起こることでしょう。息子が留学し、アメリカの教育事情を知るにつれ、その思いは増々募りました。

大学の場合です。身の丈に合った学校に入り、そこで成果を上げると教授に推薦状を書いてもらい、より上位の学校へ転学できます。進路を変えることも当たり前のことです。息子が入学した時、建築科には80人余りの学生がいましたが、２年生になった時には40人程だったといいます。学年が進むにつれ、「君、進路を変えた方がいいんじゃないか？」と肩をたたかれた学生もいたそうで、卒業時には更に少なくなっていました。どちらも生徒の行く末を考えてのこと。それができるのは、学生の立場に立った流動的

なシステムや考え方が確立されているからでしょう。

　日本の場合、学校間・学部間を渡るシステムが無いので、ゼロスタートを余儀なくされます。これでは進路変更しにくく、二の足を踏みます。可能性の門は限りなく狭く、勇気ある一歩を踏み出せる人は少ないでしょう。「誰のための教育？」「教育の目的って？」「日本という国は本当に子供の立場に立って考えているのだろうか？」と思うのは私だけでしょうか。

現代高校生事情

　安保闘争に端を発した学生運動では、大学生だけでなく意識の高い一部の高校生もデモに参加していました。私自身の高校の卒業式でも総代が政治絡みの答辞を述べ、式が中断するという有様でした。この様な時代背景の中、息子の高校では生徒・教師・保護者が忌憚なく意見を述べあい、お互いの意思疎通を図ろうと1959年、「親と子の話し合いの会」が発足しました。途中、中断しますが、1971年から「TPS話し合いの会」として復活、今日に至っています。

　私が参加したその年のテーマは、「あなたの夢は何ですか」でした。折しも、宇宙飛行士の野口聡一さんが小学生時代からの夢を叶えた、と話題になっていました。母親の覗き見願望丸出しのテーマで何を討論するのかと反対しましたが、多数決には勝てません。幾つかに分かれたグルー

プの一つで司会進行を任された私は、頭を抱えてしまいました。全員の自己紹介が終わって開口一番、「夢は必要ですか？」と爆弾発言します。戦時中に青年期を過ごした叔父の体験話を添えて問題提起したのですが、先生方はさぞハラハラなさったでしょう。

　このような話し合いをすると題材は何であれ、子供達の姿が浮き掘りになってきます。先生や親が嬉々として夢を語る中、生徒は控えめでした。終了後、これからの運営の参考にしようとアンケートを採りました。その中に「夢とはどこの大学に受かるかということだと思っていた」「親の言うことは聞かなければいけないのか？」というショッキングな内容があり、心底驚きました。これが県内トップの進学校の生徒の心の内？

　社会に目を向け、大人と互角に討論していたであろう先輩達の姿はどこに行ってしまったのでしょう。

　先日ＮＨＫの『トライアングル』という番組を見ました。テーマは「理系と文系どっち？」で高校生が様々な発言をしていました。その中に「取りあえず受験が迫るから勉強。文理も選択しなくちゃ。遣りたいこともたくさんあるけど腰を据えて考える時間の確保が難しい」と。又、「結果があって選択を迫られる」とも。

　つまり自分は何をしたいかではなく、成績から進路を決め、できるだけいい学校に行くという回路のようです。先

の高校生といい、自分の向かう先が描けていなくて、よく勉強できるなと思います。早い時期から数字で振り回す教育。何が育っているのでしょう。

　どこに連れていかれるのかも分からず列車に乗せられ、アウシュビッツに向かうユダヤ人の姿が連想され、鳥肌が立ってしまいました。受験地獄・受験戦争などという物騒な言葉を安易に不用意に使っていますが、本質を突いているかもしれません。戦争は敗者だけでなく勝者にも悲惨な結果をもたらすのですから。そして "本来私達皆が望み、目指したあるべき姿から逸脱していますよ" との表れではないでしょうか。

　どこからこんなに歯車が狂ってきたのでしょう。夫は「自分が受けたのと同程度の教育を施してやりたい」と言っていましたが、それは親から受けた恩を同様に受け渡すという意味あいで、当然本人の意志があってのことです。

妄想1　自発性に委ねる

　ここで1つの情景が浮かびます。先の方に鶏の小屋がありました。夕暮れ時、鶏はそろそろ小屋へ帰ろうとキョロキョロしながら歩いていました。そこへ飼い主がやって来て、小屋へ入れようと急き立てます。ビックリした鶏は右往左往。その様子に飼い主は更に追い立てるのです。小屋の片側は切り立った崖でした。パニックになった鶏は足を

踏み外してしまいます。飛べない鶏は崖下へ真っ逆さま。飼い主は呆然と立ち尽しています。

　気長に見守っていれば、こんな不幸なことにはならなかったものを……。飼い主が真にすべきことは柵を作ることだったでしょう。鶏に立て札では用をなしません。目指す方向に餌を撒くのも一案でしょう。この妄想は、子育ての大切な指針となりました。

「あなたのためだから」と口出しし過ぎるのは「百害あって一利なし」です。指示待ち症候群となり、考える力が育たないのも本意ではありません。子供が親の顔色を窺って、いやいや遣らされるのでは楽しくないだけでなく、嫌いになるかもしれません。こんな子供といて私自身、楽しいはずがありません。自発性を尊重し、生き生きと楽しくやれれば充実感や満足感が得られ、あれこれ工夫したり、気が付いたら、とんでもなく頑張っていたり、と結構づくしでしょう。幸福な鶏と飼い主になれます。

幸せの本質

　豊かだけれども反面忙しい現代は、感じるのも容易ではありません。

　私はベビーブームの頂点に生まれた団魂の世代です。戦後の何もない、生きるのに必死な時代から高度成長期を経て飽食の時代まで、極端な言い方をすれば原始社会から文

明社会までを30年余りで一気に体験したといえます。

　家の脇を流れる川で洗濯し、台所では井戸の水がコンコンと湧き出していました。隣の空き地、ここは子供達の溜まり場でもありましたが、冬は大根や菠薐草、夏は茄子や胡瓜などを植え、半自給自足です。電気は通っていましたが、煮炊きや炬燵は薪や炭でした。その後、掃除機、扇風機、洗濯機、テレビ、冷蔵庫と新しい家電が次々と我が家にやって来るたびに驚きと感動を覚えました。大学生になった頃、電話が付き、車を購入し、極め付きは夏休みに帰省した時のことです。

　夜行列車で早朝に着きました。「今夜は徹夜でテレビを見なければ」と両親が話しています。まだ深夜放送はしていなかったと思います。何事？　おまけにカラーテレビに変わっています。人類が月面着陸する様子が中継放送されるというのです。私は初耳でビックリ。世間が大騒ぎするこのニュースを知らなかったことに両親は逆にビックリです。

　夫からも「人の知らないことをいろいろ知っているのに、誰でも知っていることを知らない」と呆れられたことがあります。逆に夫は、人がおいそれと理解できないことを知っていて、其の上よくミーちゃんハーちゃんと同じことも知っていると、これ又私には驚きです。あの有名な『モナ・リザ』が日本にやって来る？　今や当たり前の世界的な文化交流も一つ一つが驚きでした。

　その後、家電や車の改良はあったものの、大きな変化は

パソコンと携帯電話の普及でしょう。何でも揃っている現代では、これらを失って初めて不便やありがたさを感じる逆世界です。こんな時代にあって感動を得るためには、贅沢は敵。なるべく質素に暮らすに限ります。

　私の子供の頃を思い返すに、ケーキはクリスマスに食べるもの。あとは他所にお呼ばれしたときです。そんなわけで歯の管理も考え、息子にケーキは食べさせていませんでした（私達大人はガトーショコラを堂々と食べていましたが）。そして、叔父の家へ行ったとき、遂にオムレットとの出合いです。一口頬張って、「旨い！　こんなおいしいもの食べたことない」。パクパク一気に食べました。叔父は「旨そうに食べるの〜」と目を細め、満面に喜びが溢れています。息子の感動は、叔父の思いを遥かに超えたようで皆を幸せにしてくれました。狙いは大当たりです。

　その後、ケーキは誕生日限定の楽しみとなりました。クリスマスはもちろんイエス様の生まれた日。ケーキを前に世界中の人がお祝いする旨を話し、頂きました。

　世界には飢えに苦しまないまでも日本の子供と比較して、かわいそうにと思う子供達は少なくありません。しかし視点を変え、人の最期までを視野に入れた時、どちらが幸せかなと、ふと考えてしまいます。

一人前とは

　子供の幸せを考える時、最終目標は「自立」でしょう。昔は経済的に独り立ちをすることをもって「一人前」としたようですが、現在成人式を迎え、経済的に自立している人はどのくらいでしょうか。

　私が学生の頃は高校・大学への進学率は高くなっていて、高校へ行くことは当たり前になりつつあったものの、一方、中卒で集団就職する人達は「金の卵」と言われ大切にされていました。大手企業の中には職場に定時制高校を設置している所もありました。それまでの親は、学校の成績を気にしつつも社会で生きていくためのknow-howや躾に心を砕いてくれました。"思い遣りがある" "気が利く" "遣ることが丁寧である" など、数字に表せないところを細やかに評価し、育ててくれました。

　無表情で目ばかりギョロギョロしていた私は「いつもニコニコしていなさい」と言われましたが、当時の私は「おかしくないのに笑えない」という具合でした。ところが息子は何が楽しいのか生まれたときから、いつもニコニコしていました。自然と知らない人にも声を掛けられ、かわいがられます。成程ね。仏頂面の人は取っ付きにくいし、無表情だと警戒心も与えます。

　大学４年生、教育実習に行った時のことです。数学の実

習生は２人でした。放課後は当然２人で話します。人に無関心だった私は、その人と同じクラスで授業を受けていたことに全く気付いていませんでした。一方彼女はとんでもない人と一緒になったと思ったそうです。かなり打ち解けた頃、「あなたの口から"義理"とか"人情"という言葉を聞くとは思わなかった」と言われました。見た目で相当に損しているなと苦笑いです。

　昔の親は、知識は学校に、それ以外は親がと、しっかり役割分担して子供を育てていたと思います。小学校に上がるときに親からまず言われるのは「先生の話をしっかり聞きなさい」です。先生に対する信頼と尊敬の念を植えて送り出されました。

　その頃の先生方の心構えが如何程のものであったかと言うと、新米の先生は先輩の先生から「教師として初心者であっても子供達には新米も古米も同じだ」と言われ、甘えを捨て心したと聞きました。

　昔は人間形成が主、それに知を加えるという子育てだったと思います。だから、後は経済力さえ伴えば一人前というわけです。現在はどうでしょうか。幼い時から知育偏重で本来親がやるべき躾まで学校に求め、依存している人に至っては育児放棄しているようにさえ見えます。成人し、経済力がついても自立しているといえる人はどのくらいでしょう。

　先般、学校の先生の"苛め"が報道され、その幼稚さ、

問題解決能力の欠如が顕在化しました。これが特殊なことなのか氷山の一角なのかは分かりませんが、とんでもない時代であることには違いありません。今や"自立"は"自律"の上に成り立つと言い変えた方がいいと思います。

　つい先頃ＰＩＳＡという15歳の子供を対称とした、３年に１度の国際学力調査の結果が発表されました。知識技能を実生活での課題にどの程度活用できるかを計る狙いで、ＯＥＣＤ（経済協力機構）が実施しています。
　日本は科学や数学はトップレベルでしたが、読解力は年々落ちています。ＰＩＳＡ型読解力は単に文章の読み解きではなく、資料を読んで自分の考えを持つことを求められます。文部科学省は指導要領を見直し、何らかの方向性を見出したいとしているようですが、私は学校現場だけで解決するには問題が大きくなりすぎていると思っています。
　子供社会での関わり、親との日常の有り様の中でこそ、その基礎が築かれ、其の上での学校教育だと考えます。そして親は、親にできる事と、できない事があると自覚し、子供が「仲間と遊ぶ＝学びの場」という認識を新たにする必要があると思います。
「遊び」は大人にとっては息抜きでしょうが、子供にとっては仕事です。大人社会では仕事ができない人は一人前と見なされないのですから、「子供社会で遊ぶ」ことを知らない子は「子供として一人前」ではないということでしょ

う。その延長線上にある大人社会で、どう生きるのでしょうか。

妄想2　体験

　数人の若者がボートで沖へ漕ぎ出して漂流した挙げ句、鯨に出くわします。ボートは転覆し、飲み込まれてしまいました。そして鯨のお腹の中で暮らし始めます。月日が流れ、子供が生まれ、孫もできました。彼らは外の世界を話して聞かせますが、太陽も月も目にしたことのない子孫達は、いつしか年寄りの戯言と片付けてしまうようになりました。

　ある日、好奇心いっぱいの子供が鯨の口の方へ探検に出掛けました。先の方に明かりが見えます。口元まで来ると、見たこともない世界が広がっていました。

　これが月？　あの小さい粒々が星？　飽きもせず、ずっと見ていると、次第に明るくなってきて太陽が昇りました。海も初めて。こんなに明るい広い世界があるのか。おじいちゃん達が話していたのは、これだったんだ。

　この先のストーリーは皆さんの想像にお任せします。ここまで極端でなくても、人は体験していないことを理解するのは大変なことです。中途半端に見当がつきそうなことはかえって厄介かもしれません。

一貫して「子供が群れて遊ぶ」ことの必要性について述べてきました。ＮＨＫの番組『こどもの科学』では海外の専門家達が、外で群れて遊ぶことの重要性を研究対象とし、科学的な根拠を交えて現代の子供達の危機を訴えていました。

　大小様々な危険に対する大人の過剰な反応が子供の行動を規制し、その結果、運動能力を奪い、防衛本能や危機感・想像力を鈍らせ、意に反して「生きる力」を削ぐという本末転倒が世界的に起きているのです。

　先のストーリーを思い出してください。このような状況が問題として浮上するまでには潜伏した長い時間があってのことです。その頃には人々は麻痺し、想像できないのです。ゆえに問題解決には、とてつもない勇気と決断力がいります。

　先の少年が情報を伝え、認識を新たにした人々は、船を造り、海に出ていこうとするかもしれません。当然残る人も。かつての若者達は嬉々として乗り込むでしょうか。行き着く先にはどんな先住民がいるのでしょう。それとも無人島？

事実を見る

　細かく役割分担した社会に暮らす私達は、日々の暮らしの中でどれ程の人の力を借りているでしょうか。今や自然

の中の洞穴ではなく、屋根や戸の付いた家に住み、食べる物も物々交換の時代では考えも及ばない豊富さです。衣食住、交通手段などどれ一つを取っても、途轍も無い数の人の働きの上に成り立っています。誰しも頭の片隅では分かっていると思いますが、これを当たり前とすると、人はその先を考えないようです。

虫が好かないと思っている人のお父さんが、自分のお気に入りのグッズを作っているかもしれません。今擦れ違った人は私の暮らしのどの部分を担っているのだろうかと考えると、どの人にも親近感を覚えます。

又、どんな仕事に携わっても、単に金銭を得るための手段としてではなく、どう社会貢献するかの視点も加わります。

規模が小さい村社会では人の顔が見え、全体像も掴みやすく、当たり前だったことが、その拡大とともにだんだん見えにくくなり、ついには見えなくなります。地球が丸いと感じにくいのと同じです。しかし、地球が丸いという認識は、教育によって誰もが知るところです。

教育の役割、親の役割とは？

最近の若いお母さん達の用心深さ、人間不信は度を超していませんか。何より自分の目で相手が信頼できるかを見極めようという意志が感じられません。決め付けの世界に埋没しているように見えます。いつの時代、どこでもズルをしたり、悪いことをする人はいます。しかし圧倒的に善

良な人が多いのです。大切な全体像に目隠しして問題点ばかりを強調するのは、嘘を教えるのと同じです。私が言うところの「染脳」です。

　又、人に対する信頼感なくして健全な社会、幸福な社会は作れないでしょう。誰しも社会性のある子に育ってほしい。人に受け入れてもらえる子に育ってほしいと思いながら不信感を煽り、逆方向に導いていることになります。ここで親にできる事と、できない事があります。できる事は「人は信頼するに値するよ」と伝えること。そして他の子も我が子同様に受け入れることです。その先は他所の人の親切に触れることで、子供の中で名実共に確かなものになると思います。

　私が息子を一人旅に出せたのは私自身が人に良くしてもらい、経験に伴う確信があってのことです。そして体験は何にも勝るもの、その人の中で否定できないものです。

　頭の世界はネガティブなことにはしっかり有効ですが、ポジティブなことには力不足のようですから。

　幸せな生き方を考える時、経済力は必定ですが、どれほどを手に入れればいいのでしょう。お金は有るに越したことはありませんが、たくさん持っていても幸せの保障はありません。又、物に変えればアッという間に無くなるのに数千円の本1冊で数年間楽しむこともできます。お金を使うのに時間を必要とすることは様々あります。

私達夫婦はフリーターの走りだと申しましたが、共にお金を使うのに時間がかかるタイプです。フルタイムで働くと時間が捻出できないので、自分達の目的に適う選択をした結果です。気を揉み、親の心配が半端でないのは承知ですが、親の安心保険のために就職を決めたり、結婚したりはできません。どんな選択であれ自分自身が下すのですから、人の所為にはできませんし、後悔もしたくはありません。同じ後悔なら遣ってからの方が、すっきり思いが切れるというものです。

　子供に対しても選択肢の様々な可能性を客観的に示すだけで、あくまでも思考の交通整理の手伝いです。其の上で、「あなたはどんな生き方をしますか」と委ねてきました。

　知識もお金と同じで、持っているだけでは「宝の持ち腐れ」。知識を詰め込んだ百科事典が何もできないのと同じです。

学びは暮らしの中に

　街頭インタビューで「学校で学んだことが役に立っていない」と答える人が多くいます。なのに何故子供を学校へと追い立てるのでしょう？　逆に人並み外れた能力を持っているのに全く気付いていない人もいます。

　明治生まれの祖母は人並みに結婚し、舅姑に仕え、５人の子供を生み育て、四季を大切にしながら日常を丁寧に生

166

きた人です。

　私は同じことの繰り返しは苦手でしたから、それ自体偉いなと思っていました。祖母の本当の偉大さに気付いたのは、大学を卒業し、実家に戻ってからのことです。大学生になって一人暮らしを始め、自分で料理をするようになり、他所の味に触れ、初めて自分が口にしてきたものの価値を知りました。薩摩芋の餡掛けを作ろうと叔母に電話しました。私が思っていた通り、醤油と砂糖を入れるというので作ってみましたが、覚えのある味になりません。後に祖母に聞いたら、味付けは塩一つまみだけでした。塩だけで砂糖が入っているのかと思わせる甘みを引き出す。塩に対して私の向き合い方は大きく変わりました。

　書が巧みで、私達は祖母から手解きを受けました。着物を縫えば人のものを引き受けるくらいに上手です。綺麗に仕上げるポイントがあちこちにあるようですが、「（和裁を）習いに行っても肝心なところは教えてくれないよ」と言っていました。それを承知のうえで外に出した方がいい子、自分で教える子と、どこまでも子供に合わせて育てました。

　庭の手入れも全てやります。雪国ですから雪囲いは毎年のことです。春になって雪が溶けると傷んだ垣根も直します。一端の庭師のようです。定期的に綿を打ち直し布団も作ります。一事が万事、家にスーパーレディーがいると気付いて教わろうと思ったときには既に遅く、何を聞いても「忘れた」と言われ、後の祭りでした。暮らしの中には様々

に学ぶことが詰まっています。これを大切にしてこそ、学校での学びが生かされるのでしょう。

この祖母が結婚前にどれ程の教えを受けたのかと思いきや、料理に関しては一切なかったと言います。「家に嫁ぐ」という時代、嫁ぎ先に馴染むために生家の味を教えないことは、子供の幸せを考えてのことです。しかし、これは現在通用しません。

私が学生の頃、調理実習は女生徒に限られていました。下宿は賄い付き、男の子は食べる心配がありませんでした。今は男子校で調理実習があり、ここでも時代の変化を感じます。

親元から中学へ通い始めて間もなくのこと。帰宅した息子が「お母さん、キャベツと白菜の区別がつかない子がいるんだよ」「それは女の子？」「うん」。信じられないという風でしたが、スーパーで買い物し、加工食品も多い時代の現実です。今や大根や人参の葉の形状を知っているほうが特別でしょう。同じ知育を重視するなら、早晩学ぶ知識の先取りではなく、隙間を丁寧に埋めていくほうが長い目で見て子供の為になると思います。

どれだけ先のことかは分かりませんが、息子はトマト農家も視野に入れているようで、聞いていてワクワクします。そういえば夫も仙台にいたとき、茄子やトマトを育てていました。親子はここでも繋がっています。

どこまでも本質的に

此の程ユニセフ（国連児童基金）から38カ国で、子供の幸福度を「精神的幸福度」「身体的健康」学力などの「スキル」の３分野で調査した結果が公表されました。

日本は総合20位（７年前は６位）。「身体的健康」は１位ですが、「スキル」では学問的な習熟度は高いが、社会的な適応力が低く27位。「精神的幸福度」に至っては37位という結果でした。自殺率の高さ、生活の満足度の低さが影響しています。

昔から「親の顔が見てみたい」と言われますが、子供は大人を映す鏡。「心が貧しい」、これは大人の側の問題です。「"学力・経済力＝幸福"この錯覚に気付き、幸福の本質について考え直してみてはどうですか？」。このように問題提起されていると思いませんか？

人は目に見えて確かと思えるものを拠とするのは理解できます。しかし真に重要な部分は見えないもの。人体でいえば骨がそうでしょうか。骨が丸見えというのは、とんでもない事態です。命の要である心臓は、更にその奥に鎮座しています。又、大きな木はしっかりと根を張っていますが、命の元である根は見えません。

苗木を植え水や肥料を遣るとき、根っこから少し離れた

所に施します。これを求めて根が伸びていくのですが、逆に根本に水を遣り過ぎると根腐れして枯れてしまいます。子供は「教えれば育つ」と考える人が少なくないようですが、「育つように教え導く」ことが肝要だと考えます。最近は教え過ぎで根腐れしている子供が増えているように感じます。これを意に反した"かわいがり過ぎ虐待"と捉えるのは行き過ぎでしょうか。

　社会の行く末を担う「子育て」。透徹した心境と思考力・科学的な目も動員して賢明な判断をし、明るい未来に繋げられたらと思います。

　最後に、親は教師になるか、反面教師になるかですが、両方になれたら最高です。あのときは反発したけれど時が経ってみると……。逆に子供のころは疑問に思わなかったけれど、ちょっと待てよということも。それは親の言行が子供の意識に留まり、思考していることの証ですから親冥利に尽きます。十二分に活用され、お役に立っているということでしょう。

　何年か前に息子の口から「田圃の畦道も知らない子には育てたくない」という一言が出ました。成長し、社会に出てから見聞したことを自分の体験に照らして感ずるところがあったのでしょう。嬉しい声を聞かせてもらえました。

　目先の子供の反応に踊らされず、親として信念を持った行動は結果的に子供を尊重することに繋がると思います。

親としての真の喜びを味わえるのは、これからなのかもしれません。やはり大切なものは、目に見えないようです。この先も大らかに見守り、とことん楽しませてもらいます。

あとがき

　私が感じ、考え、行動してきたことを、取り留めもなく綴ってきました。

　我が子の幸せを一念に様々奮闘してきましたが、子育ては驚きと気付きの連続でした。「朱に交われば赤くなる」の諺通り、子供を取り巻く社会全体が底上げされていなければ、我が子の健全な育ちも幸せもあり得ません。安易に自分の子だけにフォーカスしていると、とんでもないところに漂流しそうです。親一人の力の及ぶところではありませんが、一人一人の親が成すことの結果ではあります。

　"我が子育て修了"となった今も考えることは、子供達の幸せに繋がる親（大人）の役割についてです。

　それは、One of 地球人。私の幸せにも繋がります。

　子供が生まれて初めのうちは、１年間を無事に過ごせたことと今後の健やかな成長を願って祝った誕生日も、手元を離れた頃からは、「生まれてきてくれて有り難う」と感謝の念を新たにする日になりました。

　息子には、こんな人になってほしいといろいろ思い描いても、当人がそうなりたいかどうかは分からない。余計なお世話かもしれない。そう思ったとき、これは自分がなりたい姿なのかと、自身の課題として生きてきました。結果、人に関心が薄く無口だった私が今や、20cm足らずの距離

で携帯を凝視している若者に思わず声を掛けてしまうお節介おば（あ）さんに変身していました。見知らぬ人との垣根が低くなり、楽に生きられるようになったのは偏に息子の御蔭です。そして、人は何でも有りだなと沁み沁み思うのです。とにかく楽しませてもらい、育てるつもりが育ててもらっていました。

　受け入れ難い子供の言動も"今はそう思っているのだな"と受け止めてきましたが、20代も半ばになると、かつて私が言ったのと同じ事を口にするようになって、驚くことも、１度や２度ではありません。

　もはや子供のことを気にしている場合ではなく、先を行く者として私自身を生きることに集中しなければ、という今日此の頃。「大人は子供の可能性の延長線上を生きている」ここまで遣って来て最後の気付きです。私は一般的には理系女に分類されるようですが実は、逃女です。中学生の頃には早々と言語による自己表現はしないと決めていました。それが半世紀以上を経てこのように言葉と格闘している現実。人の可能性を実感し、一番驚いているのは私自身です。これも息子の存在無くしては有り得ません。どこまで私を育ててくれるつもりなのでしょうか。

　しかし正直なところ、少し疲れたなぁ～！　古稀だもの。ぽちぽちとやりましょう。一番思うようにいかない子育てを楽しくやれたのだから、この先何がこようと大丈夫。未知の日々を味わい尽くします。

拙い文章を最後まで読んでいただいた嬉しさを表わす言葉が見当りません。通り一遍ですが、心よりお礼申し上げます。

　2020年8月

守谷佳伊子

著者プロフィール

守谷 佳伊子（もりや けいこ）

1948年　富山県富山市に生まれる。
現在、栃木県宇都宮市在住。
著書：『うたのすきなねずみ』（2020年　文芸社）

子供の楽しみ方・私流

2020年12月15日　初版第1刷発行

著　　者　　守谷 佳伊子
発行者　　瓜谷 綱延
発行所　　株式会社文芸社
　　　　　〒160-0022 東京都新宿区新宿1−10−1
　　　　　　　　　電話 03-5369-3060 （代表）
　　　　　　　　　03-5369-2299 （販売）

印刷所　　株式会社エーヴィスシステムズ